Fabio Capecelatro

10.000 e.u.r.o. sotto i mari

Illustrazioni di Barbara Bongini

GIUNTI Junior

cap. 1

Sbeng!

La prima cosa che colpì Laupus appena entrò nella Taverna del Diavolo fu un pugno di Buck la Roccia.

Si usava così da quelle parti, dicevano che fosse il modo più rapido per fare amicizia. Ed era meglio non protestare. Così, appena si rialzò, Laupus strinse la mano al suo aggressore.

– Bella nespola, amico! – disse mentre si massaggiava la mascella che gli faceva un male cane.

– Sput! – fece l'altro sputando a terra e mettendo in mostra un'orribile fila di soli tre denti, ingialliti e storti. Non si capiva se rideva o se stava per mordere.

– Chi diavolo sei? – domandò.

– Mi chiamo Laupus e voglio imbarcarmi sulla Old Moby con i miei nipotini, Willy Mau e Michelina.

I due ragazzi se ne stavano dietro di lui, ma non sembravano intimoriti. A loro quel posto piaceva da matti, e Michelina si era anche fatta una piccola risata quando Laupus si era beccato il cazzotto. Le sembrava di stare in un film.

– Devi essere completamente matto – fece Buck la Roccia – Su quella nave prendono solo gente che ci sa fare.

– Ma io ci so fare! – replicò Laupus risentito. – E anche loro sono in gamba! – concluse indicando i fratellini.

– Sicuro, vecchio sdentato! – fece Michelina con uno sguardo di sfida che fece crepare di terrore Laupus, perché pensava che Buck si sarebbe arrabbiato. Ci fu un momento di silenzio, l'omone sgranò gli occhi per la sorpresa, poi si passò la mano sulla bocca.

– Ma io non sono sdentato! – disse indicando i tre denti. – Vedi?

– E che ci fai con quelli? – chiese Michelina.

– Al massimo puoi sgranocchiare un grissino – disse Willy Mau.

Buck non rispose, fece solo una smorfia risentita e se ne andò a sedere accanto a due tipi con la faccia da dobermann.

Laupus e i ragazzi si guardarono intorno per assicurarsi che non ci fosse qualcun altro che volesse fare amicizia. Fortuna che Willy

Mau e Michelina erano molto più piccoli di lui e quindi furono lasciati in pace. Saranno pure rozzi e violenti questi marinai, ma almeno non si abbassano a picchiare i bambini.

I tre si avvicinarono al banco. L'oste della malora si chiamava Olezz Trippa, per due motivi: primo, perché aveva un alito così pesante che quando andava per mare gli bastava soffiare sull'acqua per tramortire un'intera famiglia di balene; secondo, perché era un ciccione, e si diceva che il giorno in cui fosse morto avrebbe provocato un danno ambientale senza precedenti, siccome la sua pancia assorbiva più anidride carbonica dell'intera foresta amazzonica.

– Che vuoi, specie di sputo umano? – chiese a Laupus con la tipica gentilezza della gente del porto.

– Ehm, una gassosa... Grazie.

– Una gassosa? – fece l'oste mostrando uno sguardo truce, quasi offeso. – Che diavolo è una gassosa?

– Be', ecco... è una bibita con tante bollicine, tutta frizzantina.

– Puah! Roba per femminucce! Qui vendiamo solo bevande di fuoco – fece Olezz posando sul banco una serie di bottiglie. – Vuoi una Tintura di Satana? O una Tequila al peperoncino blu? O un Doppio rum petardizzato? O Rum ustionante? O Nitroglicerina pura? Avanti, scegli! E fai presto che non ho tempo da perdere!

– Io prendo una Tintura di Satana! – disse Michelina.

– A me Doppio rum petardizzato! – disse Willy Mau.

– La piantate? – li rimproverò Laupus. – Vi pare che alla vostra età si possa bere questa roba? – poi si rivolse a Olezz. – Dunque, ehm...

Esitò un po', si rese conto che parlare di gassosa con un tipo così era inutile. Decise perciò di rinunciare e prendere un liquore. In fondo, pensava, che saranno mai queste bevande dei filibustieri? Un po' alcoliche, va bene, ma lui era adulto e a quel punto doveva comportarsi come quei rozzi marinai. Aveva capito che per farsi rispettare doveva fare il duro.

– Bene, oste della malora! – disse con voce profonda, battendo minacciosamente il pugno sul ripiano. – Versami una Tintura di Satana, lurido maiale!

Non ebbe neanche il tempo di capire che il suo ragionamento era completamente sbagliato. Olezz lo afferrò per il colletto della camicia, con una sola mano, lo sollevò e lo mise a cavalcioni sulla sua enorme pancia, dove Laupus affondò come in un divano. Visto da vicino Olezz era spaventoso, aveva il viso contornato da una barba ispida, la fronte sudata e quattro ciocche di capelli unti che gli piovevano tra le orecchie e la fronte. Fece un sorriso sadico, e i tre notarono che aveva sei denti in tutto, tre più di Buck. Proprio non riuscivano a capire come mai ne avessero così pochi da quelle parti.

L'oste puntò due occhietti piccoli e decisamente perfidi sul poveretto.

– Vuoi ripetere? – disse, e la prima alitata provocò a Laupus un terribile giramento di testa. Era difficile capire da dove gli venisse quel fetore, un misto di cipolla, acido muriatico, aglio rancido dell'epoca carolingia e cadavere di topo.

"Quanto mi resta da vivere?" si chiese Laupus. Un'altra alitata di quel genere e ci sarebbe rimasto secco. La gente nel locale osservava divertita la scena, alcuni incitavano Olezz a fare di Laupus un *punching ball*, uno di quei palloni di cuoio che servono ai pugili per allenarsi.

– Ripetere cosa? – disse lui mentre il sudore gli colava sulla fronte. Riprese il suo tono di voce normale e cercò di buttarla sull'allegro. – Io non ho detto niente, eh eh.

Seconda alitata! Oltre al cadavere di topo adesso si sentiva anche un retrogusto di sterco di cavallo, che tutto sommato era meno peggio di tutto il resto. Laupus avrebbe voluto capire che diavolo mangiava quel ciccione per cacciare dalla bocca un miscuglio di odori così disgustoso.

– Non fare il furbo! Mi hai dato del lurido maiale! – urlò l'oste.

– Ebbene? – intervenne Michelina. – Che ci trovi di strano? Anzi, secondo me, a guardarti bene, ti ha fatto un complimento!

– Ssshhhh! – fece Laupus agitando disperatamente le mani.

– Guardate che ve lo riduco uno straccio! – fece Olezz.

Laupus cercò di sdrammatizzare.

– Ma no... eh eh, che equivoco! Ho detto "com'è umido il locale!". Ecco, vede, aveva capito male!

Olezz gli puntò addosso uno sguardo tagliente come un rasoio e storse la bocca, sembrava quasi che volesse mangiarselo. Invece, per fortuna, lo posò nuovamente a terra, e Laupus riuscì così a evitare la terza alitata.

– Per questa volta passi, – disse l'oste – ma la prossima, ti stritolo fra le dita come un biscottino!

– Certo, mi scusi. Mi dispiace molto per il malinteso.

– E adesso bevi questo! – disse Olezz versando un liquido color prugna, che appena entrò nel bicchiere cominciò a friggere come olio in padella.

– Cos'è? – domandò Laupus imbarazzato.

– Fulmine delle Antille! Il miglior liquore di tutto il continente. Mia moglie lo usa per ammazzare gli scarafaggi.

– Ehm… Grazie.

Laupus ne mandò giù un sorso, e dalla sua espressione sembrava che avesse ingoiato un filo elettrico da 6000 volt. Divenne fosforescente, di un verde brillante che fece risaltare l'intero scheletro. Sembrava una radiografia completa, e cacciò un urlo talmente forte che tutti i presenti si alzarono e cominciarono a prendersi a cazzotti. Lì ogni scusa era buona per fare una rissa. Volarono sedie e tavoli, una gamba di legno decollò verso il lampadario, un uncino si andò a conficcare in un enorme sedere, mentre decine di denti grandinavano da tutte le parti. Ora finalmente era chiaro perché ne avevano così pochi.

Laupus e i due nipotini, per sicurezza, andarono a nascondersi sotto un tavolo nell'angolo più riparato, e aspettarono. Dopo venti minuti, i corpulenti marinai smisero di picchiarsi, raccolsero tavoli e sedie, oltre

alle gambe di legno, gli uncini e i denti (quelli che riuscirono a recuperare), e si misero di nuovo a sedere come se non fosse successo niente.

Se avesse saputo di capitare in un ambiente del genere, forse Laupus non si sarebbe mai mosso da casa, e meno che mai portando i figli di sua sorella Sofia, che avevano fatto fuoco e fiamme per poter intraprendere quell'avventura insieme all'amato zio. Ma ormai era in ballo e doveva andare fino in fondo. Per il momento era ancora vivo e questo pareva già un miracolo. Quanto a Willy Mau e Michelina, non sembravano molto preoccupati. Quel posto a loro piaceva molto, e quella gentaccia li faceva sganasciare dalle risate.

I rudi marinai, rinfrancati dalla rissa, ripresero a giocare a carte, urlando con voci orrende per chiamare Olezz e farsi portare da bere: "Ehi, vecchio scorfano ciccione, portami una Tequila al peperoncino!", "Olezz, puzzone che non sei altro, un doppio rum petardizzato!", "Avanti, porco lardoso, versami da bere che ho la gola più secca di una cicala allo spiedo!".

E l'oste, senza battere ciglio, stappava bottiglie e versava felice.

Povero Laupus! Lui, per un'innocente battuta, aveva rischiato di essere cancellato dalla faccia della terra, e a questi che apostrofavano Olezz con i peggiori epiteti, niente! Vai a capire la gente di mare!

Intanto quell'intruglio era ancora nel bicchiere,

ma Laupus non se la sentiva di finirlo. Willy Mau decise di aiutarlo, approfittò di un momento che il fetido oste era lontano e versò il contenuto nel lavandino, e dal gorgoglìo che produsse si capiva che probabilmente stava mangiando le tubature.

Laupus lo ringraziò sottovoce, poi si voltò e fece un gran sorriso a Olezz che stava tornando indietro.

– Veramente buono questo Fulmine delle Antille! – disse, mostrando il bicchiere vuoto. L'oste si accinse a versarne ancora.

– No no – disse Laupus sbiancando. – Grazie molte, ma per me basta così.

– Bene, allora metti sul banco due zelleri!

– Due? – intervenne Michelina indispettita – Ehi ciccione, lì sopra c'è scritto che costa uno zellero!

– Senti, mocciosa – rispose Olezz sporgendo il suo corpo massiccio dal bancone per vederla più da vicino. La sua sola testa era più grande di tutta Michelina – Chiudi quella boccuccia se non vuoi che prenda il vostro amico e lo metta sul soffitto a fare da lampadario!

– Ma perché vuoi fargli pagare due zelleri – disse Willy Mau – se costa uno zellero?

– È semplice! – rispose lui. – Quelli sono i prezzi normali, ma siccome lui l'ha trovato molto buono costa il doppio. Questa è roba che fa schifo, e se piace vale doppio. Qualcosa da dire?

– Perbacco, ci mancherebbe! – disse Laupus. – È

giusto, è giusto così. Se una cosa piace, diamine, va pagata il doppio. Ecco i due zelleri.

Si asciugò il sudore e riprese fiato perché era giunto il momento di fare la domanda più importante.

– Posso... posso chiederle una cosa, signor oste? – disse tirando fuori le parole a fatica.

– Che cosa?

– Sa dove posso trovare un certo Monsieur Babbiòn?

L'oste lo guardò stringendo gli occhi sospettoso, stava quasi per afferrarlo di nuovo per il colletto della camicia. Poi ci ripensò e fece una mezza risata.

– Vuoi parlare con Monsieur Babbiòn? Se proprio ci tieni...

– Be', sì, ci tengo. Perché?

– Oh niente, niente. Solo, lui è un tipo strano! – avvicinò il faccione a quello di Laupus, investendolo con una micidiale zaffata, e scandì con aria minacciosa: – Moooolto strano!

Laupus tossì, e un brivido gelato gli attraversò la schiena, più doloroso di una scudisciata. In quel momento gli passò un solo pensiero per la testa: "Ma perché non sono rimasto a casetta mia?".

Cap. 2
Ehm!

Si spalancò la porta!

Apparve un uomo dalla corporatura massiccia e dai capelli lunghi e neri! Alle sue spalle, si videro ampie ramificazioni di lampi disegnarsi nel cielo, un tuono devastante fece tremare tutto il locale, e le vibrazioni fecero cadere altri denti sul pavimento.

Neanche il diavolo si presenta mai con una colonna sonora così solenne!

Si vedeva subito che non era uno qualsiasi: si mise a gambe larghe e i pugni sui fianchi, tra gli sguardi ammirati dei presenti.

Indossava una giacca da ammiraglio, pantaloni

color senape e stivali imperlati di cozze e vongole, portava un enorme cappello nero e sfoderava un sorriso cordiale come quello di un pescecane.

Era Monsieur Babbiòn, il capitano della Old Moby, uno dei più temibili e feroci corsari del mare.

Laupus lo riconobbe dalla cicatrice che gli passava in diagonale sulla fronte. Se l'era procurata in un memorabile corpo a corpo con uno squalo di dodici metri. Laupus sapeva tutto di lui e della sua ciurma: prima di venire da quelle parti si era documentato ben benino.

– Ehi, concentrato di lardo! – urlò il corsaro in direzione di Olezz. – Che ti venga un accidente! Portami un bel boccale di Miscela Del Diavolo, se non vuoi che ti faccia sputare le budella a pedate sulla trippa!

Be', anche lui non era un esempio di finezza, nonostante il nome francese. Lanciò un'occhiata fiera a semicerchio e andò a sedersi, accompagnato da due ceffi che avevano tutta l'aria di voler fare a cazzotti al massimo entro mezz'ora. La gente del locale lo accolse con saluti, grida, parolacce – che lì valevano come complimenti – e qualche rutto.

Olezz sorrise felice e portò l'ordinazione. La Miscela del Diavolo era un liquore personalizzato che solo i capitani di grande fama potevano bere. Dentro c'erano rum, varechina, petrolio e polvere da sparo.

Laupus lo guardò attentamente per capire come poteva avvicinarlo. Aveva un discreta paura, perché temeva che venisse in mente anche a lui di fare amicizia. Con quelle mani, lo avrebbe ridotto in polpette. Ma doveva assolutamente parlargli e perciò si preparò facendo un respiro profondo.

– Aspettatemi qui, ragazzi, – disse ai nipotini – vado e torno.

Prese il coraggio a quattro mani e si accostò al tavolo.

– Ehm... Monsieur Babbiòn? – domandò.

Quello girò lentamente la testa e lo guardò silenzioso. Laupus si sentì trafitto da quello sguardo, ma ormai non poteva tirarsi indietro.

– Mi chiamo Laupus – disse con tono deciso – e voglio imbarcarmi sulla Old Moby. Con i miei nipotini Willy Mau e Michelina.

Monsieur Babbiòn non disse niente. Continuò a guardarlo stringendo gli occhi.

– Dico davvero! – insisté Laupus.

Il corsaro finalmente aprì bocca, ma nel frattempo nel locale era calato un silenzio gelido, di quelli che preannunciano tempesta.

– Lo sai con chi stai parlando? – disse con espressione contrariata.

– Certamente! – rispose Laupus. – Lei è Monsieur Babbiòn, il più grande corsaro dei mari del sud, ma anche di quelli del nord.

Il rude Babbiòn fece un cenno a uno dei suoi

due amici, il quale si alzò, prese Laupus per il colletto della camicia e lo sollevò con una sola mano.

– E non sai – disse l'energumeno – che Monsieur Babbiòn riceve solo per appuntamento?

– N... no, non lo sapevo. Allora... allora posso prendere un appuntamento?

L'energumeno si voltò verso Monsieur Babbiòn.

– Capitano, c'è un tizio che vuole un appuntamento.

– Chi è? – chiese Babbiòn sorseggiando la bevanda, che gli fece uscire due coni di fumo dalle orecchie.

– Chi sei? – chiese l'energumeno.

– Mi chiamo Laupus.

– Dice di chiamarsi Laupus.

– Che nome stupido! E cosa vuole?

– Cosa vuoi da Babbiòn? – fece l'energumeno continuando a tenere Laupus sollevato.

– Ecco... Vorrei chiedergli di imbarcarmi sulla Old Moby e...

– Vuole imbarcarsi sulla Old Moby.

– Fammi consultare l'agenda.

– Fagli consultare l'agenda.

Babbiòn tirò fuori dalla giacca un incartamento sgualcito e pieno di salsedine, lo scartabellò, poi si fermò su una pagina e cominciò a scorrere il dito su e giù.

– Bene – disse rivolgendosi all'energumeno. – Che ore sono?

– Le otto e venticinque – rispose l'energumeno.

– Digli di passare alle otto e mezza. Prima non posso riceverlo.

L'energumeno aprì la mano e lasciò ricadere Laupus in terra.

– Ha detto Babbiòn che ti riceverà oggi alle otto e mezza. Prima non può, ha mille impegni.

– Ma le otto e mezza sono fra cinque minuti... – balbettò Laupus.

– Ebbene? Ti ho detto che prima non può. E non insistere!

– D'accordo, allora vengo oggi alle otto e mezza.

Laupus si allontanò con la sensazione di essere capitato in un covo di pazzi. Meno male che cinque minuti passano rapidi. Timidamente tornò da Monsieur Babbiòn, ma per sicurezza si presentò prima dall'energumeno. Willy Mau e Michelina intanto se ne stavano accanto al bancone seguendo la scena incuriositi.

– Quel Babbiòn deve essere proprio uno stupido – sussurrò Michelina.

– Sì – rispose Willy Mau. – Ma è meglio non contraddirlo. Hai visto che caratteraccio?

– Buonasera! – disse Laupus avvicinandosi all'energumeno. – Dovrei parlare con il capitano Monsieur Babbiòn.

– Hai un appuntamento?

Quello che innervosiva Laupus era sentirsi rivolgere queste stupide domande, ma doveva stare al gioco altrimenti bastava un niente e ci scappava la rissa... e lui era quello che le avrebbe prese da tutti.

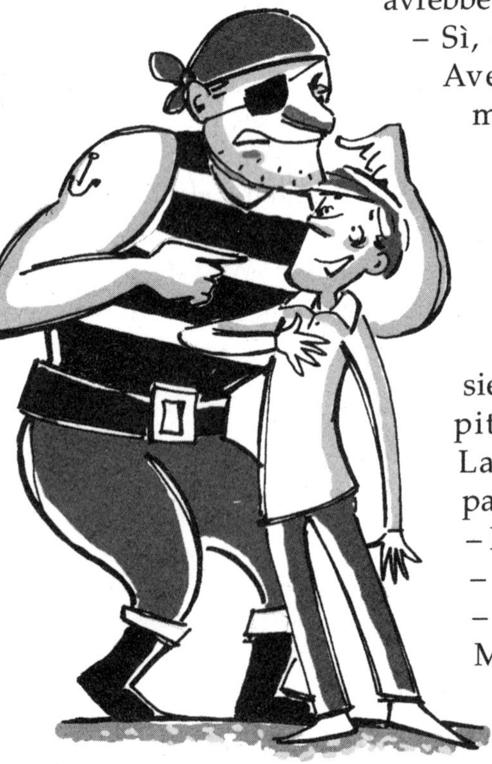

– Sì, certo – rispose. – Avevo un appuntamento per le otto e mezza. Sono Laupus, ricorda?

– Aspetta, vedo se c'è – disse l'energumeno, voltandosi verso Monsieur Babbiòn. – Capitano, c'è un certo Laupus che vuole parlare con lei.

– Hai detto Laupus?

– Sì.

– Che nome stupido! Mai sentito. Deve essere uno scocciatore. Digli che non ci sono, digli che sono in viaggio verso l'isola di Tunga Bonga.

– Mi dispiace, – fece l'energumeno, voltandosi verso Laupus – il capitano è dovuto partire in fretta e furia per le isole di Tunga Bonga...

Purtroppo quella frase fece imbufalire Laupus, che non riuscì a trattenere un urlo di rabbia:

– E no! Adesso basta con questa presa in giro! Credete che sia stupido? Non me ne vado di qui se prima non parlo con il capitano!

Si rese conto troppo tardi che aveva esagerato. A parte il fatto che le sue urla avevano nuovamente innervosito tutti i presenti, che si alzarono e cominciarono a darsele di santa ragione con il consueto svolazzare di gambe, uncini e denti, la cosa davvero terrificante era lo sguardo di Monsieur Babbiòn che si posava lentamente su di lui e lo fissava come per avvisarlo che entro due secondi sarebbe morto. Incurante della rissa che si svolgeva intorno, sembrava che in quel momento lui non avesse altro pensiero che studiare il modo più rapido e doloroso per disintegrarlo.

Si alzò.

"È la fine," pensò Laupus "adesso mi prende e mi sbuccia come una patata".

Michelina stava per lanciarsi a difenderlo, ma Willy Mau la trattenne per un braccio.

– Sei matta? – disse. – Davvero pensi di poter affrontare Monsieur Babbiòn?

– Non deve torcergli un capello! – fece lei.

– Se la caverà, stai tranquilla. Zio Laupus è in gamba.

Cogliendo tutti di sorpresa, Babbiòn non lo sfiorò nemmeno. Andò verso il banco per farsi dare qualcosa da Olezz. Poi tornò indietro con un bicchiere pieno.

– Siediti – disse.

Laupus, silenziosamente, obbedì.

– Questo te l'offro io – disse Monsieur Babbiòn porgendo un bicchiere di Tequila al peperoncino blu – Mi sei piaciuto.

– Io? In che senso?

– Hai avuto il coraggio di alzare la voce davanti a me. In genere, a chi mi fa questo lo riduco un canestro di ossa. Hai avuto del fegato.

Laupus non sapeva niente di questo suo hobby dei canestri di ossa, altrimenti non si sarebbe mai sognato di alzare la voce. Comunque, era contento che Babbiòn lo credesse coraggioso e allora decise di recitare bene la parte.

– Sì, be', certo – disse impostando un vocione da uomo rude. – In genere sono un tipo calmo, ma se mi fanno arrabbiare…

– In ogni caso…! – aggiunse Babbiòn avvicinando minacciosamente la testa verso quella di Laupus, tanto che lui divenne piccolo come un topolino – Non lo fare più!

– Certo che no! – rispose Laupus con una vocina sottile e balbettante, tutto il contrario di quella che aveva tirato fuori appena due secondi prima.

– Veniamo al dunque. Perché vuoi imbarcarti sulla mia nave?

– Ecco, è una storia lunga.

– Cerca di accorciarla, perché le storie lunghe mi annoiano.

La missione dei tre doveva rimanere assolutamente segreta, e quindi Laupus si era preparato una scusa che sperava potesse funzionare.

– Veniamo da molto lontano, – disse – io, e i miei nipotini: Willy Mau e la piccola Michelina. Mia sorella è fuggita con un pittore fiammingo e mi ha lasciato i suoi due figli. Ma io non ho la possibilità di mantenerli. L'unica nostra speranza è un lontano parente che si trova nell'isola di Uonpatàan. Lì potremo essere ospitati, lui potrà trovarmi un lavoro, mandare i bambini a scuola e...

Monsieur Babbiòn piegò la testa e cominciò a piangere. Laupus rimase sorpreso, perfino i due energumeni avevano cambiato espressione, avevano gli occhi lucidi e sembrava che trattenessero a stento le lacrime.

– È la storia più triste che abbia mai sentito – disse il capitano.

– Be' – disse Laupus, sorpreso. – Veramente non ho neanche cominciato... e poi non pensavo di provocarvi un dispiacere.

Babbiòn riempì il tavolo di lacrime, poi batté un pugno sul ripiano.

– Perché? – urlò. – Perché il mondo è così crudele?

– Ma è completamente scemo?! – sussurrò Michelina all'orecchio di Willy Mau.

– Questo è certo! – rispose lui. – Ma qua mi sembrano tutti un po' svitati. Mi sa che la salsedine fa un effetto peggiore dell'alcool.

Il contagio di Monsieur Babbiòn si era diffuso nel locale, i marinai avevano smesso di picchiarsi e piangevano anche loro. Laupus girava la testa di qua e di là incredulo.

– Capitano, – disse – in fondo ci sono storie peggiori di questa. Non mi sembra il caso di farne una tragedia.

Uno degli energumeni si alzò e lo afferrò di nuovo per il colletto della camicia, che ormai era diventata un cencio.

– Credi che il capitano sia stupido? – disse. – Lo decide lui su cosa piangere! Chiaro?

– Sì, sì… Chiarissimo. Io volevo solo dire che…

– Basta!

Il povero Laupus, in mezzo a quella combriccola di pazzi, ormai non sapeva più che cosa dire e che cosa fare.

Monsieur Babbiòn sollevò la testa e si asciugò le ultime lacrime.

– Scusa, ragazzo, ma certe cose mi spezzano il cuore. Dunque volete che vi portiamo laggiù? A Uonpatàan?

– Sì, – rispose Laupus – ma state tranquilli. Non intendiamo viaggiare a sbafo, faremo tutti i lavori che vorrete: io posso fare il cuoco di bordo,

Willy Mau potrebbe fare il mozzo, e Michelina è molto brava a sbucciare le patate.

– Siete pratici delle cose di mare? Avete mai navigato?

– Be', abbastanza. D'estate andiamo spesso in pedalò.

– Pedalò? Quanti alberi porta un pedalò?

– Che io sappia, nessuno. A volte ci mettono su un ombrellone... Non so se è la stessa cosa.

– Vi posso dare cinque zelleri al giorno. Non un soldo di più!

– Be', cinque per tre fanno quindici. Direi che va bene...

– Cinque in totale! Per tutti e tre!

– Ah!... Via, facciamo sei. Almeno si possono dividere per tre.

– Cinque! – ripeté, mentre gli energumeni lanciavano occhiate che suonavano come minaccia di massacro.

– Cinque! – disse Laupus. – D'accordo, mi sembra un ottimo compenso.

– Presentatevi domani al porto. Chiedete di Spaccavongole, lui vi darà tutte le istruzioni.

cap. 3

Yaawwwnn

Finalmente i tre potevano assaporare un po' di pace. A Laupus era venuto un tale mal di testa, che si buttò sul letto a peso morto. I piedi gli friggevano per la stanchezza, e non emanavano un odore gradevole, però funzionavano benissimo come insetticida, e le zanzare che gli giravano intorno precipitavano a terra stecchite.

La stanza che Olezz aveva assegnato loro era piccola e lurida, con decine di ragnatele sparse in ogni angolo. Se ne stavano tutti e tre sdraiati sull'enorme letto fissando il soffitto, e riflettendo su come si sarebbero dovuti comportare il giorno dopo davanti a quel tipo dal nome così poco rassicurante.

– Zio Laupus, – disse Michelina – secondo te che tipo è Spaccavongole?

– A giudicare dal nome – aggiunse Willy Mau – un tipo manesco.

Laupus sorrise.

– Dopo quel branco di gaglioffi che abbiamo visto stasera, non credo che incontreremo di peggio – disse.

– E poi se si chiama così, – disse Willy Mau – vuol dire che spacca le vongole e non gli esseri umani.

– Però che gente buffa in questo paese! – fece Michelina tutta contenta.

Certo, per loro arrivare in questo porto sperduto dell'Ameroide era come aver fatto un salto indietro nel tempo di almeno due secoli. Qui non c'era niente, né automobili, né telefoni, né televisori, il progresso non era mai arrivato. Questo per Laupus e i due nipotini era un vantaggio, si erano portati dietro – tenendoli ben nascosti – i telefoni cellulari, una radiolina a batteria, una torcia elettrica e altre piccole cose che potevano rivelarsi utili al momento opportuno.

Laupus cacciò dalla tasca un foglietto pieghettato e lo aprì. Era la ventesima o la trentesima volta che lo leggeva. Una lettera che sua sorella gli aveva spedito qualche settimana prima:

Caro Laupus, una notizia bomba! In questi giorni sono in visita da zia Marlene e zio Bobi. E ho scoperto una cosa incredibilissimissimissima. Lo sai che siamo eredi di un tesoro da nababbi? Ma è meglio che ti racconti tutto dall'inizio: il vecchio zio Bobi sta per andarsene... Anzi, adesso che lo guardo bene, mi sa che è già andato (dopo avviserò la zia). D'altra parte ormai aveva 99 anni e tu sai che razza di taccagno è sempre stato: l'idea di comprare cento candeline per il prossimo compleanno lo rendeva talmente agitato che ha deciso che era meglio morire prima piuttosto che sprecare denaro per una stupida torta con un numero così alto di candeline. Però, qualche giorno fa, sentendo che stava per finire i suoi giorni, ha rivelato a zia Marlene il segreto dei segreti, e io sono stata a origliare di nascosto.

– Certo che mamma è sempre stata una gran ficcanaso! – fece Willy Mau.

– E anche un po' matta – aggiunse Laupus.

– Dai, continua a leggere, zio! – fece perentoria Michelina.

Dunque, devi sapere che trecento anni fa un nostro antenato, un certo Gomez Barba, che era un vero e proprio gaglioffo, passò l'intera esistenza a percorrere i mari da nord a sud e da est a ovest saccheggiando galeoni, e mettendo da parte una fortuna. Ma il vero colpaccio della sua vita fu quello di riuscire a mettere le mani sul tesoro di Vostradamus, un famoso medico alchimista chirurgo barbiere indovino (e non so cos'altro) che riusciva a prevedere un sacco di cose. Insomma, per fartela breve, ci sarebbe una cassa contenente diecimila monete del valore di diecimila euro ciascuna, per un totale di cento milioni di euro! E la cosa più assurda è che si dice che proprio Vostradamus abbia dato a queste monete il nome, senti bene, di euro.

– Zio Laupus – interruppe Michelina cacciando un leggero sbadiglio – quante bici mi posso comprare con cento milioni di euro?

– E quante playstation? – aggiunse Willy Mau.

– Tante bici e tante playstation da riempirci una città – rispose Laupus, e subito riprese a leggere.

Ebbene, zio Bobi non è mai andato alla ricerca di quel forziere, perché il solo pensiero di un viaggio costoso lo faceva rabbrividire. Oltre a essere taccagno, è sempre stato anche un po' stupido: per quanto avesse speso per il viaggio, sarebbe tornato ricco da far paura. Ma questo non l'ha mai capito, e infatti la zia gli ha fatto una bella partaccia per questa cosa. Piuttosto, se vuoi un consiglio, mettiti subito in viaggio. Il tesoro, se ho ben capito, è nascosto in un'isola dell'arcipelago delle Morlucchie, all'interno di una grotta, sepolto in

quello che una volta era il letto di un fiumiciattolo che dal mare si insinuava nelle viscere della terra. Quale isola sia, proprio non lo so. Però, ho guardato sull'enciclopedia geografica e ho scoperto che nell'arcipelago ce ne sono circa seicento e tutte avevano un fiumiciattolo che si insinuava nelle viscere della terra, quindi c'è il rischio che ti ci voglia molto tempo per trovare quella giusta.

– Questa è la cosa che mi preoccupa di più – disse Laupus fermandosi di nuovo. – Come diavolo faremo a trovarla? Anche ammesso di perlustrarne una al giorno, ci vorranno più di due anni!

Per arrivarci devi andare a Puerto Maldido, a sud dell'Ameroide, e imbarcarti sulla Old Moby, la nave di Monsieur Babbiòn, che fa spesso rotta per le Morlucchie. A quanto ho capito, laggiù a Puerto Maldido ci dovrebbe essere anche il vecchio Rimba, credo che fosse un amico di zio Bobi quando erano giovani (cioè migliaia di anni fa). Se lo incontri – ammesso che sia ancora vivo e lucido – lui potrà darti qualche informazione in più. Magari lui sa qual è l'isola giusta. Buona fortuna, e un bacio a Michelina e Willy Mau che mi mancano tanto, però se li tieni tu è meglio. A proposito, se trovi il tesoro, ricordati della tua cara sorellina. Lo sai che non ci tengo molto al denaro, ho scelto di fare la vita della fricchettona e mi basta quel poco che ho. Vorrei solo che mi comprassi una casetta tra i fiordi norvegesi. Però mi farebbe piacere se ti ricordassi anche di zia Marlene. Sarà anche una vecchia brontolona, ma credo che abbia proprio bisogno di qualche soldino per ristrutturare la casa. E non solo quella: credo che le farebbe piacere ristrutturare anche se stessa, un po' di silicone e di lifting e tornerà a essere bella e sexy come settantadue anni fa, quando aveva vent'anni. A presto, tua Sofia. Un bacio ai pupi.

– Diventeremo ricchi! – disse Laupus ripiegando il foglietto. – Ma ci pensate che bello? Potremo comprarci tutto quello che vogliamo! Case, barche, grosse automobili, e tanti giocattoli... Ci pensate?

Si voltò a destra e a sinistra e vide che i due nipotini si erano addormentati. Per loro sentirsi leggere quella lettera era come farsi raccontare una favola: pochi secondi e cadevano in un sonno profondo, sognando battaglie marine con pirati e corsari, isole lontane, forzieri pieni di monete d'oro, un mare di avventure a lieto fine.

– E va bene, – disse Laupus – vuol dire che dormirò anche io.

Si tirò le coperte fin sotto il mento e si distese, cacciando un lungo sbadiglio. Lui ci metteva un po' di più ad addormentarsi, e si mise a fantasticare sulle ricchezze. Ma ben presto fu distratto da alcuni rumori che provenivano dal corridoio. Si alzò e si avvicinò alla porta, riuscendo a distinguere dei passi: sembrava che qualcuno si muovesse furtivamente. Sentì una voce che sussurrava "qui non ci disturberà nessuno". Poi sentì una porta richiudersi. Uscì cercando di non fare rumore, si guardò intorno e accostò l'orecchio alla porta di fronte. Riconobbe le voci di Olezz e quella di Monsieur Babbiòn.

– Ho parlato col vecchio Rimba – disse Olezz. – Verrà domattina, verso le dieci. A quell'ora qui non c'è anima viva.

– Bene. Mi raccomando, tieni tutto chiuso. Voglio che nessuno senta né veda.

– Stai tranquillo, Babbiòn! Non entrerà neanche una mosca qui dentro!

– Bravo, Olezz. Avrai una bella parte di bottino. Ma... guai a te se ti lasci scappare qualcosa! Ti apro quella mongolfiera che hai al posto della pancia!

– Non sono mica matto, Babbiòn! Di me ti puoi fidare. Tu piuttosto, non credi che sia imprudente portarsi dietro quello smidollato e quei due mocciosi?

Laupus fece una smorfia di disappunto. Sentirsi definire smidollato non gli faceva molto piacere.

– Che fastidio vuoi che diano? – rispose Babbiòn. – Ho bisogno di qualcuno che lavori sodo e loro mi sembrano adatti. La mia ciurma è piena di pelandroni che non fanno altro che dormire, e si svegliano solo per prendersi a cazzotti. E poi lo sai che ho il cuore tenero, la loro storia mi ha commosso davvero.

– Ah! Il vecchio Babbiòn che fa il sentimentale! Mi viene da ridere!

– Cerca di ridere poco con me, altrimenti ti trasformo in spezzatino d'oste.

– Via, lo sai che ti voglio bene. Specialmente quando mi prometti quattrini.

– Cerca di meritarli!

– Stai tranquillo.

– Allora a domani!

– Sì, ora è meglio che torniamo giù.

Laupus indietreggiò con passo felino, rientrò nella sua stanza e chiuse silenziosamente la porta. Sentì i passi che si perdevano nel corridoio, e cominciò a farsi mille domande: "Cosa diavolo stanno architettando quei due? E come mai devono parlare col vecchio Rimba? Dunque è ancora vivo? Accidenti, devo assolutamente scoprire che cosa hanno in mente!".

Si infilò di nuovo nel letto, con i pensieri che si accavallavano. I due cuccioletti ronfavano a meraviglia, Laupus invece si girava e rigirava pensando a quello che aveva sentito poco prima e decise che, a qualsiasi costo, avrebbe assistito a quella riunione. E finalmente, dopo due ore, cacciò lo sbadiglio profondo che lo fece addormentare.

cap. 4 Ouch!

Olezz stava combattendo con le tubature del lavandino, che perdevano acqua da tutte le parti. Ignorava, il ciccione, che il danno era stato causato dal Fulmine delle Antille che Willy Mau aveva versato la sera prima. Ed era meglio che continuasse a ignorarlo, altrimenti per il povero Laupus ci sarebbero stati altri momenti di terrore. Cercò di rattoppare i tubi con una vecchia camicia unta, talmente unta che funzionò alla perfezione.

Laupus e i ragazzi passarono fischiettando, dirigendosi verso l'uscita.

– Buongiorno, signor Olezz – fece Laupus.

– T'è andata bene, fringuello – fece l'oste ridacchiando.

– Che vuol dire?

– Non sai che rischio hai corso alzando la voce con Babbiòn.

– Ehi, palla di ciccia! – fece Michelina. – Guarda che nostro zio non ha paura di nessuno!

Laupus diede un leggero strattone alla nipotina, nel tentativo di farla tacere. Ma Olezz fece un'espressione terribile, e batté un pugno sul bancone con tale vigore che la tubatura appena riparata esplose.

– Ascolta amico! – fece afferrando tra il pollice e l'indice la punta del naso di Laupus e tirandola verso di sé. – Di' a questa piccola serpe di non chiamarmi più palla di ciccia altrimenti ti consegno a mia moglie sotto forma di strofinaccio per le pulizie!

Tirò il naso di Laupus di altri due centimetri.

– Miki, stai zitta! – sussurrò Willy Mau alla sorellina.

– Mi spiace, signor Olezz, – fece Laupus sofferente – ma sa, alla bambina piace scherzare, ohiohiohi... il naso...

– Sì? – fece Olezz tirando di altri tre centimetri – Be', anche a me piace scherzare... Con i nasi!

Glielo lasciò di colpo e si sentì uno schiocco sordo. Laupus si massaggiò il naso dolorante come se avesse ricevuto un colpo di fionda.

– E va bene! – disse Michelina. – Io non ti chiamo più palla di ciccia. Però tu a mio zio non lo tocchi più! E adesso dimmi dov'è il bagno, ché devo fare la pipì.

– Ma sentila, la piccola peste! – fece Olezz. – E va bene! Il bagno è laggiù, dietro quella porticina sotto la scala. Ma sbrigati! Fra poco qui si chiude perché devo fare l'inventario!

La bambina prese a correre e sparì dietro la scala. Laupus e Willy Mau attesero in silenzio, cercando di nascondere il nervosismo. Passarono cinque, sei, otto minuti, ma Michelina ancora non tornava indietro.

– Di' un po'! – fece Olezz. – La tua nipotina piscia sempre così tanto? In tutto questo tempo poteva riempire un paio di damigiane.

– Forse non doveva fare solo la pipì – rispose Laupus un po' agitato.

– Non ti preoccupare, amico! – intervenne Willy Mau indicando il bagno. – Non allagherà il tuo meraviglioso bagno. Eccola che torna.

Finalmente Michelina riapparve, sorridente e con aria soddisfatta.

– Bene, noi andiamo – fece Laupus prendendo per mano i nipotini. – Ci vediamo stasera.

Appena fuori, i tre si allontanarono rapidamente cercando un posto tranquillo. Lo trovarono dietro una vecchia casa abbandonata.

– Allora, Miki, cos'hai scoperto? – domandò Willy Mau.

– La finestra del bagno dà su una stradina – rispose lei. – È facile da scavalcare.

– Bene – fece Laupus. – Una volta dentro basta salire la scala, nascondersi e ascoltare.

– Pensi davvero che sia così semplice, zio Laupus? – disse Willy Mau. – Come fai a passare dalla porta del bagno alla scala senza essere visto?

– Basta approfittare di un momento di distrazione…

– È troppo rischioso. Quel ciccione sta sempre all'erta.

– Il modo per non farsi vedere c'è, – disse Michelina – però bisogna essere molto piccoli. C'è una panca tra la porta del bagno e la scala. Si può strisciare lì sotto e non essere visti. Ma questo, lo possiamo fare io e Willy.

– Stai scherzando? – fece Laupus. – E pensi che io vi lasci andare da soli nella tana di quel bisonte?

– Ma io non ho mica paura! – fece orgogliosa Michelina.

– E neanche io! – aggiunse Willy Mau.

– No no no! Ci vado io!

– E pensi che ti lasceremmo andare da solo nella tana di quel bisonte? – disse Willy Mau.

– Ti vedrebbero, zio Laupus. La panca è troppo bassa. Anche se strisci, e anche se ti schiacci al massimo, hai un sedere troppo grosso. Sporgerebbe.

– Io il sedere grosso? – fece Laupus stizzito.
– Sì, dai, ce l'hai! – disse Michelina.
– È vero, zio Laupus. Ci dispiace dirtelo, ma hai un sederone – aggiunse Willy Mau.
– Uff! Ma guarda che nipoti sfacciati!
– È meglio che andiamo noi – concluse Michelina.

Laupus cedette. Si toccò i fianchi per valutare quanto fosse grande il suo sedere, perché non riusciva a farsene una ragione.

Non aveva mai pensato a questo piccolo particolare fisico, si era sempre ritenuto piuttosto magro. In realtà il suo era uno dei più normali sederi del mondo, ma i nipotini volevano tentare l'avventura e così s'erano inventati la balla del sederone.

– E va bene! Però io mi apposto dietro la finestra del bagno. Se vi doveste trovare in pericolo chiamatemi a squarciagola.

Tornarono indietro, imboccarono la stradina che girava dietro la locanda di Olezz, e si fermarono davanti alla finestra del bagno.

– Andate, ragazzi! – fece Laupus. – Io starò qui ad aspettarvi. E in bocca al lupo!

Andò tutto liscio: Michelina e Willy Mau riuscirono a intrufolarsi nel locale, strisciarono dietro la panca, salirono silenziosamente le scale e andarono a cercare il punto migliore per sbirciare cosa accadeva di sotto.

– Visto dall'alto fa ancora più schifo che visto

dal basso – sussurrò Willy Mau alludendo a Olezz, che si muoveva su e giù per il locale.

– Shhht, è arrivato qualcuno – fece Michelina.

L'uomo che entrava nella locanda era l'essere più vecchio e malridotto che si fosse mai visto sulla faccia della terra, sembrava un pupazzo i cui pezzi erano stati rimessi insieme alla meglio: aveva una gamba di legno, un uncino al posto della mano sinistra, un occhio storto e l'altro di vetro, e neanche un dente, a parte due enormi incisivi di bambù. Dall'aspetto poteva sembrare un pescatore imbalsamato, visto da dietro, o uno stoccafisso vestito, visto di fronte. Ma quello che colpì i due ragazzi era la sua espressione, talmente imbronciata che sembrava fosse entrato per picchiare Olezz.

– Sgrunt! – disse appena ebbe messo piede nel locale, scardinando la porta con una forza insospettabile in uno così mingherlino. – Cerchiamo di fare presto che già mi sono rotto!

– Siediti, Rimba, fra poco arriva Monsieur Babbiòn. E cerca di stare calmo!

– Sgrunt! – fece il vecchio sedendosi a un tavolo che si trovava proprio sotto il punto in cui erano appostati Willy Mau e Michelina. Non poteva andare meglio di così.

Annunciato da tuoni e fulmini, anche se era una splendida giornata di sole, dopo pochi minuti entrò Monsieur Babbiòn. Si fermò sulla porta con le mani sui fianchi e un sorriso sinistro.

– Ehilà, vecchio rudere ammuffito! – disse andando incontro a Rimba.

– Sgrunt! – rispose quello. – Avanti Babbiòn, sbrighiamoci, prima che mi dimentichi quello che devo dire! E ringrazia il cielo che sono venuto in questo lurido ricettacolo di topi!

– Già, ogni volta che senti il puzzo dei soldi trovi la forza di muovere questa carcassa arrugginita, vero? – disse Babbiòn dandogli una pacca sulla spalla.

Ma una pacca di Monsieur Babbiòn non era certo una carezza, e al vecchio Rimba caddero due ciocche di capelli, un lembo d'orecchio e si incrinò una clavicola.

– Vuoi che ti spacchi la pipa in testa? – fece Rimba, che si rimise i capelli e il lembo d'orecchio usando la saliva come colla.

– Olezz! – urlò Babbiòn dopo essersi seduto accanto al vecchio. – Portaci da bere, porco puzzolente! Dunque, – continuò rivolgendosi al vecchio Rimba – lo sai perché sei qui?

– Accidenti! Non me lo ricordo più! – rispose il vecchio, assalito da un'improvvisa amnesia. Era un uomo dal carattere duro, ma aveva anche il difetto di perdere facilmente la memoria, che gli tornava solo bevendo rum petardizzato o annusando un'aringa putrefatta.

Olezz portò da bere e, a un cenno di Babbiòn, aprì le fauci di Rimba e gli versò mezza bottiglia di rum in gola.

– Ti rinfresco io la memoria! – disse. – Devi dirci dove è sepolto il tesoro di Vostradamus!

Willy Mau e Michelina si guardarono tra loro sorpresi.

– Accidenti, Will! Hai sentito? – sussurrò la bambina. – Stanno parlando del nostro tesoro!

– Maledetti! – replicò Willy Mau. – Ma non riusciranno a portarcelo via!

Il vecchio Rimba si dette una manata sulla fronte, come si fa quando si ricorda improvvisamente qualcosa:

– Adesso sì che ricord... – sbong! – ouch...!

Aveva sbagliato braccio e si era colpito con la parte arcuata dell'uncino, che era di un bel ferro pesante. E per via di quel colpo, oltre a perdere altre due ciocche di capelli e un orecchio intero, perse di nuovo la memoria.

– Chi siete? Dove sono? E io chi sono? Come mi chiamo?

Olezz gli versò nelle fauci un altro mezzo litro di liquore.

– Vediamo se questo ti fa tornare la memoria! – disse. – Lui è Monsieur Babbiòn, io sono Olezz, e tu sei il vecchio Rimba…

– Ah sì! – fece il vecchio. – Volete sapere dove abito, non è vero?

– Prendi l'aringa putrefatta! – ordinò Babbiòn all'oste.

Olezz obbedì e mise il pesce sotto il naso del vecchio Rimba.

– Il tesoro di Vostradamus! – fece l'oste. – Ripeti con me… Il tesoro di Vostradamus!

– Adesso ricordo – fece il vecchio. – Volete sapere dov'è sotterrato il tesoro di Vostradamus.

– Bravo! – sorrise Monsieur Babbiòn.

Olezz tirò fuori dalla tasca una cartina geografica e la aprì sul ripiano del tavolo. Era l'arcipelago delle Morlucchie con tutte le sue seicento isolette.

– Accidenti! – fece Rimba. – Adesso mi sono dimenticato dove è sotterrato!

– Ascolta, mummia putrefatta! – fece Babbiòn afferrando il vecchio Rimba per il colletto. – Sono stufo dei tuoi giochini…

Ma il vecchio Rimba non era tipo da farsi impressionare, afferrò anche lui Babbiòn per il colletto.

– Ascolta, pirata da strapazzo! – disse. – Non stai parlando con uno dei tuoi scagnozzi! Il mio bis-bis-bis-nonno era il braccio destro di Gomez Barba! Io sono Joaquim Arano Corbéz Querido

Ulzante Esteban Secundo, detto, non so perché, il vecchio Rimba!!!

– Perché è l'abbreviazione di rimbambito! – rispose Babbiòn stringendo il colletto sempre più forte.

– Ah sì? – replicò il vecchio stringendo anche lui. – E allora sappi che Babbiòn è sinonimo di deficiente sottosviluppato! Ti sta a pennello!

– Insomma! – fece Olezz. – Possibile che dobbiate sempre litigare?

I due si mollarono, continuando però a lanciarsi occhiate di fuoco.

– Io sto per rivelarvi un segreto rimasto tale per oltre due secoli, e se lo faccio è solo perché mi serve denaro. Quindi, vi ricordo qual è la mia richiesta: duemila monete d'oro!

– E le avrai, d'accordo! – urlò Babbiòn. – Anche se mi chiedo a che ti serviranno, se non per le spese del tuo funerale ormai imminente!

– Avanti, Rimba! – intervenne Olezz. – Facci vedere dove si trova il tesoro!

Calò un silenzio pesante. Il vecchio sollevò la mano destra e chiuse il pugno lasciando fuori solo il dito indice, un dito che pareva un grande chiodo arrugginito, con una vistosa unghia giallognola. Fece ricadere l'indice sul tavolo, e mezza unghia si conficcò nella cartina, dritta dritta su una delle seicento isole.

– Il tesoro – disse guardando i due con un sorriso che sembrava un ghigno – è sotterrato qui sotto!

Al piano di sopra, i due ragazzi allungarono il collo.

– Accidenti! – sussurrò Willy Mau. – Non vedo niente da quassù!

– Neanche io, dannazione! – disse Michelina.

Olezz e Babbiòn si curvarono per vedere più da vicino dove era caduto il dito del vecchio Rimba.

– L'isola di Fat Wind?! – fece Olezz sgranando gli occhi.

– Non è che ci stai giocando, vecchia mummia? Stai attento, perché se quello che hai detto non è vero ti smonto pezzo per pezzo! – fece Monsieur Babbiòn.

– Ho detto proprio qui sotto! – replicò il vecchio Rimba picchiettando con il dito sulla cartina. – E non voglio più ripeterlo!

– Hai sentito, Will? – fece Michelina sottovoce. – L'isola di Fat Wind!

– Ricevuto, Miki! – replicò sorridendo Willy Mau.

– Piuttosto – concluse il vecchio Rimba – state attenti voi a non fregarmi, perché altrimenti spiffero i vostri piani all'intera popolazione di Puerto Maldido!

cap. 5

Toc toc!

Puerto Maldido, città grande come uno sputo con le case incastonate nella collina, un agglomerato di edifici vecchi come il cucco e tutti incurvati, famelicamente protesi verso quello che era l'unico centro pulsante: il porto. Qui la vita non si svolgeva frenetica e rumorosa. No! Era proprio un gran casino! Marinai che urlavano, pescatori in perenne lotta per contendersi cernie e polipi, barche sottoposte a dolorosi e rumorosi restauri, gamberi che sgusciavano tra i piedi ingurgitando rum, puzza di telline putrefatte, reti da pesca impigliate ovunque, capannelli di filibustieri che urlavano tutti insieme per raccontarsi avventure inventate, mozzi che trasportavano grandi casse e di

tanto in tanto le facevano cadere sui piedi di qualcuno, ricevendo in cambio violente pedate nel sedere. Insomma, il porto non era quello che si dice un luogo di relax.

A poca distanza dal molo c'era una catapecchia di legno. Sulla porta era scritto "Spaccavongole, ufficio del lasciapassare marittimo".

– Vediamo di che si tratta – fece Laupus.

– Zio, come faremo a non farci soffiare il tesoro da Babbiòn? – chiese Willy Mau.

– Non lo so. Per ora dobbiamo pensare a imbarcarci sulla nave. Poi studieremo un piano. Avanti, Miki, bussa.

Toc toc!, fece la piccola mano di Michelina.

– Chi è? – domandò una voce cavernosa dall'interno.

– Ci manda Monsieur Babbiòn – disse Laupus.

– Per quale motivo, corpo di mille balene?

– Ha detto che per imbarcarci sulla Old Moby dobbiamo rivolgerci a lei.

La porta si aprì e comparve un uomo alto due metri e largo altrettanto, con braccia grandi come tronchi d'albero e uno sguardo incredibilmente uguale a quello di un merluzzo imbalsamato.

– Entrate e... Ma questi qui? Chi sono questi due nanerottoli?

– Nanerottolo sarai tu, faccia di merluzzo! – fece Michelina.

Ancora una volta Laupus si trovò a grondare sudore da tutto il corpo, l'uomo digrignò i denti e guardò Michelina come se volesse mangiarsela, ma la ragazzina non si fece intimorire.

– È inutile che mi guardi in quel modo! – fece. – Se non la smetti di insultarci ti faccio fare a polpettine da mio zio!

– Ssshhhht!!! – fece imbarazzato Laupus, sul quale Spaccavongole aveva dirottato lo sguardo per esplodere subito dopo in una risata tipica da marinaio.

Be', non era proprio una risata, ma una serie di suoni di trombone che fecero gonfiare le vele di tutte le navi ancorate nel porto. Non solo, era anche una risata infinita: dopo gli "Ah ah ah!" cupi come tuoni, l'uomo crollò a terra tenendosi la pancia tra le mani e modulando la risata che divenne "Ih ih ih!", accompagnata da un diluvio di lacrime.

C'era da pensare che Spaccavongole non si divertisse così da molti decenni. Teneva l'indice puntato su Laupus e rideva sempre di più.

– Forse l'hai sparata grossa, Miki – disse Willy Mau.

Laupus aveva smesso di sudare e adesso aveva assunto un'espressione imbronciata. Incrociò le braccia e rimase a guardare l'omone che si contorceva a terra.

– Quando ha finito – disse contrariato – per favore, sbrighiamo la pratica?

– Certo, ih ih ih… certo – rispose Spaccavongole. – Scusa, ma… ih ih ih! – si voltò a pancia sotto e cominciò a battere il pugno a terra. – Mi fa fare a polpettine! Ih ih ih!... Troppo divertente!

Finalmente la risata cominciò a scendere di intensità. L'uomo si rialzò, si asciugò le lacrime e si avvicinò a Laupus, sottolineando con brevi singhiozzi soffocati il suo divertimento.

– Certo... ih ih ih! Entrate, entrate pure... Poi dopo, mi farai a polpettine ah ah ah! Ma lo sai che questa bambina è proprio simpatica? Come si chiama?

– Si chiama Michelina, ed è mia nipote – rispose Laupus che non aveva alcuna voglia di ridere.

– Anche io sono suo nipote, mi chiamo Willy Mau.

– Ma bene bene, che simpatici marmocchi! Venite, vi offro da bere. Non ridevo così dal giorno in cui uno squalo si mangiò il pantalone di Monsieur Babbiòn lasciandogli il sedere al vento. Cosa vi posso offrire?

– Io prendo una Tintura di Satana! – disse Michelina.

– A me Doppio rum petardizzato! – disse Willy Mau.

– Ma insomma! – fece Laupus. – La volete piantare? Cosa vi siete messi in testa?

– E dai, zio! Per una volta! – fece Willy Mau.

– Non se ne parla proprio! Finitela!

– E tu cosa prendi, signor Pestapolpette? Ih ih ih! – ridacchiò Spaccavongole.

– Niente, grazie! – rispose stizzito Laupus.

– Bene, allora veniamo subito al dunque! Intanto datemi i vostri documenti e poi salite su quel tavolo.

– Su quel tavolo? Proprio sopra? – chiese Laupus incuriosito.

– Certo, sopra. Vuoi forse salirci sotto? Ih ih ih!

– Ma... seduti o in piedi?

– In piedi. E piantala di fare domande stupide!

Era un tavolo di legno massello, robusto e grande da farci stare comodamente diciotto persone, nove su ciascuno dei due lati lunghi, e due ai capotavola. Laupus consegnò il passaporto all'uomo, e subito dopo eseguirono l'ordine, salendo sul tavolo.

– Ma così si sporca! – fece Laupus.

– Figuriamoci! – rispose Spaccavongole. – Qui la sporcizia è il nostro pane quotidiano. Adesso fermi così!

L'uomo si chinò e si infilò sotto il tavolo, quindi lo sollevò con la schiena e cominciò a muoversi avanti e indietro, a destra e a sinistra facendolo ondeggiare paurosamente.

– Ma è matto! – urlò Laupus, che faceva fatica a tenersi in equilibrio. Al contrario i due ragazzi invece saltellavano e ballavano divertiti.

– Wow! – esclamò Willy Mau. – È una cosa da sballo!

– Sembra di stare alle giostre! – aggiunse Michelina.

– Cado... cado! – urlava Laupus che si aggrappava disperatamente ai bordi. Ma Spaccavongole continuava imperterrito e la straziante altalena durò una buona decina di minuti, con i due ragazzi che facevano capriole e ridevano, mentre Laupus chiedeva inutilmente di smettere.

Quando Spaccavongole si decise a rimettere il tavolo con tutte e quattro le zampe al suolo, Laupus scese in preda a un forte giramento di testa, ruotando su se stesso con gli occhi strabuzzati.

– Vediamo quanto resiste – disse Spaccavongole.

– A fare cosa? – domandò Willy Mau.

– Prima di vomitare.

– Che schifo! – esclamò Michelina. – Perché lo vuoi far vomitare?

– Questa è la prova più difficile, la prova del mal di mare. Voi l'avete superata molto bene. Ma lui mi sembra un po' fuori fase.

– È solo perché ha dormito poco e male – disse Willy Mau. – È stanco. Adesso si riprende, vedrai.

Laupus smise di girare e si sedette, asciugandosi il sudore con un fazzoletto.

– Che razza di scherzo! – disse.

– Non è uno scherzo, amico bello. Qui bisogna essere molto severi con chi si vuole imbarcare sulla Old Moby.

– Insomma ho superato o no questo dannato esame?

– Ringrazia il cielo che ho il cuore tenero. Ti do la sufficienza, solo perché non hai vomitato. Adesso passiamo all'ultima prova.

– Ancora?

– Aspettatemi qui. Voglio vedere come ve la cavate di fronte a un assalitore.

Spaccavongole aprì una porta sul retro e infilò la testa in una stanzetta buia, facendo dei versi di richiamo.

– Micio micio mì! Ntz ntz, su… vieni!

– Be', questo non sarà un problema: – fece Laupus – figuriamoci se mi faccio spaventare da un gatto!

Spaccavongole si scansò e sulla porta comparve la creatura marina più mostruosa che si fosse mai vista: una vongola alta due metri che apriva e chiudeva il guscio alla ricerca di qualcosa, o qualcuno, da ingoiare.

A Laupus spuntarono migliaia di lunghi aghi sulla testa, che poi non erano altro che i capelli rizzati per la paura. Anche Willy Mau e Michelina rimasero alquanto spaventati. La vongola entrò nella stanza e cominciò a inseguire i tre girando in tondo attorno al tavolo. Rovesciarono sedie, caddero suppellettili, il guscio della vongola faceva "dec dec dec dec" aprendosi e chiudendosi.

Solo Spaccavongole se ne stava tranquillo a osservare, appoggiato in un angolo con le braccia incrociate. Poi, d'un tratto, si mise a gambe larghe davanti alla bestia e le mollò un pugno che fece andare il guscio in mille pezzi, mentre il suo contenuto gelatinoso si spargeva a terra con un puzzo insopportabile.

– Capito come si fa? – disse l'uomo.

– …

– Ehi, dico a voi! Capito? Ma… dove siete?

Laupus e i nipotini si erano appiattiti dietro un armadio, erano riusciti ad assottigliarsi come sogliole per infilarsi nell'angusto spazio tra il mobile e il muro, spaventati a morte da quel mollusco terrificante come non si era mai visto neanche nei film di paura a cinque stelle.

– Ma quella vongola… – fece Willy Mau con un filo di voce – quella vongola non è una vongola!

– Vi spaventate per così poco?

– E lo chiami poco? – brontolò Michelina.

– Questo esame è una buffonata! – aggiunse

Laupus. – Non esistono bestie del genere! Era una finta!

– Si vede che non ti sei mai spinto a più di cento metri dalla riva, pivellino. Questa era una vongola di pochi mesi, sua madre era grande tre volte tanto.

– Dice davvero? – fece Laupus.

– Mai stato più serio – rispose Spaccavongole.

– E come fate quando dovete preparare gli spaghetti alle vongole con queste bestione?

– Usiamo le gomene come spaghetti.

– Accidenti! – fece Willy Mau. – Non devono essere facili da digerire.

– Non ve ne preoccupate. A bordo non facciamo mai gli spaghetti, si mangia solo squalo lesso o brodo di balena. ... E patate, molte patate. Ih ih ih!

– Puah! – fece Michelina.

– Adesso levatevi dai piedi, che ho altro da fare.

– Quando si parte? – domandò Laupus.

– La nave salpa domani. E ricordate che appena fate qualche piccolo sbaglio quelli vi buttano in mare. Chiaro?

– Chiaro un corno! – fece Michelina. – A mare ti ci buttiamo noi, ciccione!

Laupus cercò di farla tacere, ma Spaccavongole non se la prese. Anzi, ricominciò a ridere alla sua maniera.

– Certo certo, avevo dimenticato che qui abbiamo il terribile Pestapolpette che non perdona. Ih ih ih!

– C'è poco da ridere! – disse Laupus sempre più imbronciato. Quindi prese i nipotini per mano e si allontanò, sbattendo rumorosamente la porta, e si complimentò con se stesso per come aveva fatto tremare la catapecchia. In realtà quello che l'aveva fatta tremare era stata la rumorosa risata di Spaccavongole.

cap. 6
Splash!!!

– Accidenti, com'è grande! – esclamarono Willy Mau e Michelina.

La Old Moby era davvero grande, dominava il porto come un mostruoso pachiderma di legno su cui svettavano tre alberi che sembrava toccassero le nuvole.

Lo scafo era tutto in legno scuro tirato a lucido e intarsiato. Una fitta rete di corde e scale annodate partiva dalla punta degli alberi e si irradiava verso le fiancate e la prua. E come tutti i pachidermi era infestata di una miriade di mosche, che nella fattispecie erano i marinai.

Si muovevano freneticamente su e giù, da prua a poppa, o da poppa a prua, alcuni salivano sulle scale di corda, altri issavano le vele, tutti si scambiavano ordini, urlavano, si sbracciavano, litigavano, si prendevano a parolacce e anche a cazzotti.

I tre salirono a bordo e furono accolti con

molta cordialità da un marinaio che si chiamava Nerone.

– Hai sbagliato, amico, questo non è un asilo. Riporta indietro questi marmocchi se non vuoi che ti butti giù a pedate.

Laupus tirò fuori il lasciapassare di Spaccavongole e lo consegnò all'uomo.

– Ma bene bene – disse Nerone mentre leggeva ridacchiando. – Babbiòn ora organizza anche le gite scolastiche. Che diavolo ci farà con tre pivellini come voi?

Laupus fece finta di niente.

– Possiamo vedere la nostra cabina, buon uomo? – chiese.

Il marinaio se lo guardò e poi scoppiò a ridere.

– La cabina? Questa è buona! Qui le cabine sono riservate ai topi.

– Quindi a quelli come te! – esclamò Michelina.

– Cosa? – fece il marinaio.

– No, ehm… – intervenne Laupus – a lei piace molto scherzare…

– No che non scherzo, zio! Non vedi che faccia da topo che ha?

– Ehi amico! – fece Nerone stizzito. – Di' a questa specie di scricciolo di non rivolgersi a me in questo modo, altrimenti ti stacco i denti uno per uno e mi ci faccio una bella collana!

– Perché non ci fai passare? – intervenne Willy Mau. – Abbiamo il visto di Spaccavongole, è tutto in regola. Avanti, razza di scemo!

Laupus sollevò gli occhi al cielo. Non era molto felice all'idea che i suoi denti potessero diventare una collana.

– Ascolti, brav'uomo – disse. – I miei nipotini sono sempre un po' agitati. Sa, sono bambini, forse è il caso di chiudere un occhio.

– Mi vuoi prendere in giro?

Il povero Laupus aveva grossolanamente sbagliato, visto che Nerone un occhio chiuso già ce l'aveva ed era ricoperto da una benda, come del resto metà della ciurma.

– Intendevo dire in senso figurato – fece Laupus timoroso. – Avanti, mettiamoci una pietra sopra e diamoci la mano.

Sbagliato un'altra volta! Quel marinaio aveva un uncino al posto della mano, come del resto l'altra metà della ciurma. Laupus se ne accorse e cercò di rimediare.

– Ehm, mi scusi... A volte sono un po' distratto. Meglio se rimaniamo con tutti e due i piedi per terra.

Terzo errore! Il povero Nerone aveva solo il piede destro, perché la gamba sinistra era di legno, come del resto tre quarti della ciurma. Ma ormai aveva perso anche la pazienza. E, nonostante fosse alto la metà di Laupus, aveva braccia grandi come tronchi. Con l'unica mano che aveva afferrò Laupus e lo sollevò.

– Adesso sai cosa ti faccio? – disse.

– Lo rimetti subito giù! – rimbombò una voce

alle sue spalle. Sulla tolda comparve, in tutta la sua bellezza da corsaro, Monsieur Babbiòn, mentre in cielo esplosero lampi colorati che illuminavano più del sole, e cupi rombi di tuono facevano tremare il porto e saltellare i gamberi sulla banchina. La testa di Monsieur Babbiòn sembrava fosforescente e il suo sguardo era più tagliente di una lama di rasoio.

Nerone divenne bianco come la schiuma di un'onda e mise subito giù il povero Laupus.

– Scusi, capitano, – disse poi rivolgendosi a Babbiòn – credevo che fossero dei clandestini.

Babbiòn non disse nulla, continuò a fissarlo e il suo sguardo doveva essere micidiale perché il povero Nerone si accorciò di mezzo metro, ed essendo già di statura molto scarsa, divenne più piccolo di Michelina. Poi scappò via come un ragno, nonostante fosse per metà di ferro e di legno.

– Grazie, capitano, – disse Laupus – ma forse non era il caso di infierire così...

– Lo decide Babbiòn come e su chi infierire! – fece uno degli energumeni del capitano, avvicinandosi a Laupus.

– Va bene, va bene. Ma non si può dire niente in questo posto!

– No! – concluse secco l'energumeno.

Dall'alto della tolda Babbiòn sorrise, di un sorriso insieme cordiale e minaccioso, poi infilò una porticina e scomparve. Il cielo si rasserenò e il sole tornò a splendere più sfavillante di prima.

– Noi cosa dobbiamo fare? – chiese Willy Mau a Laupus, che non fece in tempo a rispondere, perché fu preceduto dall'energumeno.

– Subito a lavorare! – disse perentorio.

– Uffa! – sbuffò Michelina. – Ma noi vogliamo giocare!

– Vuoi giocare, piccolina? Ma certo, vai giù nella stiva che c'è una pila di patate più alta di te che hanno tanta voglia di essere sbucciate. Perché non vai a divertirti con loro? Quanto a te – continuò rivolto a Willy Mau – laggiù ci sono secchi, strofinacci e scopettone. Corri e datti da fare!

I due fratellini guardarono Laupus come se cercassero un aiuto, ma lui non poteva fare nulla.

– Erano i patti, bambini – disse allargando le braccia. – Mi dispiace.

Loro si allontanarono con un'aria molto imbronciata.

– A quel tipo gli strapperei i capelli uno per uno! – sussurrò Michelina a Willy Mau.

– Io gli staccherei le orecchie a morsi! – rispose lui.

– E poi gli darei un sacco di bastonate su quella zucca, tanto sicuramente dentro non c'è niente, a parte un po' di sabbia.

– E io gli infilzerei il sedere con l'uncino del vecchio Rimba!

– Un giorno ci vendicheremo, vero Wil?

– Sicuro, sorellina!

Laupus era rimasto accanto all'energumeno seguendo i nipotini con sguardo malinconico. Ma poi gli tornò alla mente il motivo di quel viaggio, e tornò a sorridere… mentalmente però, perché pensava che se l'energumeno lo avesse visto allegro gli avrebbe detto con voce cavernosa: – Cosa ci trovi di tanto divertente?

E lui avrebbe ripreso a balbettare.

– Cosa ci trovi di tanto divertente? – disse infatti l'uomo, provocando la sorpresa di Laupus.

– Io? … Ma veramente… non mi stavo divertendo.

– Non ha importanza! Il mio è un avvertimento preventivo. Se ti venisse in mente di essere venuto quassù per gozzovigliare, sappi che non è aria!

– Ma io non avevo nessuna intenzione…

– Meglio così! Ora vai in cucina e cerca di preparare qualcosa di decente. E stai attento! Il cuoco che c'era prima di te aveva preparato uno stufato di balena che sapeva di sudore di topo. Adesso si trova nella pancia di un paio di pescicani!

– Lo stufato?

– No. Il cuoco!

– Capisco. Be', ecco, tanto non piace neanche a me il sudore di topo. Potete stare tranquilli.

– Non ti piace? Io lo trovo squisito.

– Ma non ha detto che…?

– Cosa?

– Niente niente. Meglio che vada in cucina.

Ormai si stava abituando alla follia di quella gente. Uno prima gli dice che ha dato il cuoco in pasto ai pescicani perché ha preparato una pietanza al sudore di topo, poi gli dice che lo trova squisito. E se non gli fosse piaciuto, cosa avrebbe fatto?

– Quel tipo lo strangolerei! – disse Laupus tra sé mentre si dirigeva verso le cucine – Gli strapperei i capelli uno a uno e gli conficcherei un uncino nelle chiappe!

Lungo il tragitto che lo portava alla cucina, ebbe modo di conoscere alcuni dei marinai che componevano la pittoresca ciurma di Monsieur Babbiòn. Dapprima incrociò Matt Morgan, detto l'Affresco perché aveva il petto e la schiena pieni di tatuaggi che raffiguravano scene apocalittiche di caccia alla balena, pellegrinaggi nelle grotte del maxicalamaro, guerre navali, mari in tempesta. Al confronto gli affreschi della Cappella Sistina sembravano scarabocchi.

Laupus guardò quei disegni stupefatto, Matt Morgan gonfiò il petto orgoglioso, poi si girò per far vedere le scene sulla schiena. Poi si girò nuovamente e tese la mano ben aperta.

– Cinque zelleri, prego! – disse.

– Come? In che senso? – chiese Laupus.

– Nel senso che mi devi cinque zelleri!

– Perché?

Era destino, povero Laupus. Era destino che in quei maledetti posti non riuscisse a far arrivare una camicia alla fine della giornata. Appena vide la mano dell'uomo che si avvicinava al colletto, fu lui stesso a piegarsi per farsi afferrare e sollevare.

– Amico! – disse Matt Morgan. – Al cinema ci vai forse gratis?

– No, certo. Ma che c'entra?

– Ti ho fatto vedere tre quarti della mia vita: La Balena Blu, Alla ricerca del maxicalamaro, Arrembaggio domenicale e L'Onda assassina. Quattro film in uno. Dovresti ringraziarmi che ti faccio un prezzo speciale!

– Naturalmente! – rispose Laupus intimorito. – Sa, ero distratto. Ecco, ecco i cinque zelleri.

Cacciò dalla tasca le monete e le diede a Matt Morgan, che finalmente mollò la presa e si allontanò contento.

– Ancora devo riscuotere – brontolò Laupus rimettendosi a posto il colletto della camicia – e già mi sono giocato un giorno di paga!

Quindi riprese la strada per la cucina e incontrò l'Incredibile Muddy, un tipo che non serviva a niente però aveva la faccia tipica del pirata, e in genere veniva usato per spaventare i nemici al momento dell'attacco.

Incrociò anche Max Maestrale, un marinaio che andava a vela perché non aveva voglia di camminare. Aveva un lenzuolo annodato tra il collo e le caviglie, ci soffiava su e si muoveva.

Poi incontrò Capitan Brasco, Derrick la Cernia, Jimmy Caccola, Luisito Squisito. E infine un altro che aveva tutta l'aria di essere alla ricerca di qualcuno con cui scambiare due chiacchiere. Si chiamava Happy Drink.

– Ehi, amico! – disse dopo aver cacciato una raffica di singhiozzi. – Vuoi che ti racconti di quella volta che ingaggiai un corpo a corpo col polipo più grande che si sia mai visto in tutti i mari del mondo?

– Ehm... veramente non ho soldi – rispose Laupus.

– Hic! – fece Happy Drink portandosi alle labbra la fiasca di rum. – E cosa c'entrano i soldi?

– Non è che debbo pagarla per ascoltare la sua storia?

– Oh be', se proprio vuoi. Ma non è obbligatorio, hic!

– Ecco, allora se è gratis ascolto volentieri.

Happy Drink cominciò a mimare la scena.

– Hic! Che mi venga un accidente se quello che sto per raccontare non è vero, per mille squali affumicati! Eravamo in due, io e Jimmy Caccola, stavamo lucidando gli stivali di Babbiòn, hic! Quando a un certo punto vedo qualcosa di strano attorno al collo di Jimmy. Hic! Allora gli dico "Ehi, Jim, hai una sciarpa nuova?". Ma non era una sciarpa, diamine! Era un mostruoso tentacolo di un dannatissimo polipo che si stava arrampicando a babordo. Allora, hic! Io mi lancio sul tentacolo e comincio a tempestarlo di pugni. Intanto il collo di Jimmy era diventato sottile come uno stuzzicadenti e lui aveva gli occhi strabuzzati e la lingua di fuori...

Happy Drink fece un salto e si mise in piedi sulla balaustra.

– ... Allora, hic! Saltai in piedi qui sopra, ecco vedi, proprio come adesso e...

SPLASH!!!

Happy Drink, come c'era da aspettarsi, aveva perso l'equilibrio ed era caduto in acqua.

– Uomo in mare! – urlò dall'alto di una torretta un marinaio.

– Cercate di recuperare la fiasca di rum! – disse un altro.

E infatti, uno di loro scese a riprendere Happy Drink, mentre altri quindici corsero freneticamente a salvare la fiasca. Furono riportati a bordo e, sebbene fosse fradicio come una spugna, Happy Drink si mise di nuovo a cercare Laupus per finire la storia. Ma Laupus non aveva nessuna intenzione di ascoltare, e si allontanò di corsa.

Prima di imboccare la strada per le cucine, sentì nitida e potente la voce di Babbiòn.

– Mollare gli ormeggi!!! – urlò il capitano, mentre il cielo si fece subito grigio ed elettrico.

Cominciò una gran baraonda, uomini che correvano da ogni parte, le gomene che venivano arrotolate, voci che si rincorrevano. Finiti i preliminari, l'intera ciurma si mise a riposare.

Finalmente le vele si gonfiarono, e la Old Moby silenziosamente cominciò a fendere l'acqua come una lama che scorre su un fazzoletto di seta.

cap. 7

Ronf ronf

Il veliero filava che era una bellezza, nonostante la bonaccia. Il mare era piatto come una lastra di vetro e non soffiava un alito di vento. Ma le vele, gonfie, trascinavano la nave con energia, grazie al lodevole impegno della ciurma. I marinai infatti erano immersi in una delle loro attività preferite, il sonno a 128 megabyte espandibili, cioè di quelli che per svegliarti ci vuole o l'impatto di un meteorite o un colpo di tosse di Monsieur Babbiòn, che poi è la stessa cosa.

Dormivano tutti, a eccezione del nostromo che stava di vedetta in cima al-

l'albero maestro, e del timoniere di turno. Tutti gli altri, sdraiati sul ponte di poppa, con il loro rumoroso russare erano un potentissimo motore a due tempi: aspirazione dell'aria attraverso le narici, larghe come gallerie, ed emissione violenta della stessa, che saliva veloce verso le vele dando la spinta necessaria per far muovere la nave.

Michelina se ne stava ai piedi di una montagna di patate e se le guardava malinconica.

– Possibile che ne mangino così tante? – pensava tra sé, chiedendosi quanti giorni avrebbe impiegato per sbucciarle tutte. Per ora ne aveva sbucciata una sola, e non aveva molta voglia di proseguire. Per distrarsi si mise a curiosare dall'oblò, guardando il mare e sognando i giorni felici dell'estate quando, con il costumino e la maschera, si divertiva a guardare i pesci sul fondo e a inseguire i gamberetti.

Pensava pensava, la piccola Michelina, quando si accorse che dalla torretta il nostromo gridava concitato.

– Uovo in mare!

– Ho capito bene? – si disse – Uovo in mare?

Si tirò indietro impaurita, perché all'improvviso l'acqua cominciò a gorgogliare ed emerse un'enorme cupola bianca, la parte superiore di un uovo di dimensioni straordinarie.

– Tutti all'erta! C'è un uovo in mare! – ripeté il nostromo. E per svegliare la ciurma addormentata fece un colpo di tosse alla Babbiòn, perché era anche un ottimo imitatore.

– Sì, avevo capito bene – disse Michelina. – C'è proprio un uovo in mare. E che uovo!

Corse fuori e salì a vedere cosa stava accadendo. I marinai correvano di qua e di là afferrando arpioni e gomene.

– Miki, hai visto? – fece Willy Mau avvicinandosi.

– Ma che roba è?

– Non ne ho la minima idea. Dov'è zio Laupus?

– Fatevi indietro! – urlò Derrick la Cernia, mentre con altri due uomini cercava di arpionare il gigantesco uovo.

– Accidenti! – fece Laupus avvicinandosi. – Mai visto niente di simile!

– Zio, – fece Michelina – se l'uovo è così grande, la gallina che l'ha fatto cos'è? Una montagna?

– Non è di gallina! – brontolò Matt Morgan. – È un uovo di Lilli, il maxicalamaro. Un'autentica squisitezza!

– Chi? Il maxicalamaro o l'uovo?

– Tutti e due. Però Lilli non è molto disposta a farsi sezionare a cerchietti.

– Non sapevo che i calamari facessero le uova.

– In questi mari può succedere di tutto – replicò Matt Morgan. – Quindi non ti meravigliare se un giorno vedrai un calamaro che fa coccodé.

– È incredibile! – fece Laupus. – È grande come un autobus. Ma… cosa ne volete fare?

– Un'alternativa alle solite patate! – disse Matt Morgan. – Una bella frittata gigante che ci mangiamo per un mese.

Michelina sorrise felice.

– Wow! Allora per oggi mi posso riposare!

– Riposare? No, piccola, dovrai dare una mano allo zietto!

– In che senso? – chiese Laupus.

– Nel senso che la frittata la devi preparare tu, insieme a questi due nanerottoli!

– E dove la troviamo una padella così grande? – domandò Willy Mau.

In quel momento il cielo fu devastato da una raffica di lampi e tuoni, i gabbiani si cappottarono in volo e alcuni delfini scapparono come siluri verso il triangolo delle Bermude.

Sulla tolda comparve la figura maestosa di Monsieur Babbiòn, con gli occhi che sembravano due fari abbaglianti.

– Buttate subito quell'uovo in mare, razza di imbecilli! – urlò arrabbiato.

– Ma capitano, – fece Jimmy Caccola – con questo ci sfamiamo...

Mai fare arrabbiare Babbiòn, così recita un vecchio detto di Puerto Maldido. E questa volta il povero Jimmy Caccola ne fece le spese, perché rimase liofilizzato dallo sguardo del capitano e lo dovettero mettere in una bacinella d'acqua per fargli riacquistare forma, come si fa con i funghi secchi.

– Quante volte vi devo dire che non voglio noie durante la traversata! Se il calamaro gigante si accorge...

Infatti il calamaro gigante se ne accorse... E proprio mentre Babbiòn sbraitava con il suo equipaggio, ecco che dall'acqua sbucò la testa del più grande calamaro del mondo, alto come un grattacielo, con sedici occhi e trentadue tentacoli che frustavano rabbiosamente l'acqua sollevando onde alte dieci metri.

Per prima cosa fece, appunto, un cupo e rabbioso coccodé. Poi fece qualcosa che stupì ancora di più Laupus e i nipotini.

– Ancora tu, maledetto Babbiòn! – urlò con voce cavernosa.

– Ma... ma parla? – domandò Laupus.

– Sì, ma è tutta scena – disse Derrick La Cernia. – Lo fa solo per darsi delle arie. Adesso gliela facciamo vedere noi!

Babbiòn conosceva da tempo la bestia, anzi con lei aveva un conto in sospeso perché andava sempre in giro a raccontare che lui era un pirata incapace, che non sapeva nuotare, e che era diventato corsaro grazie alla raccomandazione di un'importante balena che era stata sua amante.

– Ti senti il padrone del mare, vero? Stupido mollusco gonfiato al silicone! – urlò Babbiòn.

Lilli sollevò un tentacolo lungo mezzo chilometro e lo calò sulla Old Moby con un colpo di karate. Tutti sulla nave rimbalzarono, quelli che stavano a poppa si ritrovarono a prua e quelli che stavano a prua si ritrovarono a poppa.

Babbiòn sguainò la spada anticalamaro, che era una specie di coltello da prosciutto lungo sei metri.

– Fatti sotto! – disse.

Lilli allungò un altro tentacolo e lo avvolse attorno a Babbiòn, sollevandolo. Lentamente se lo portò davanti a due dei suoi sedici occhi.

– Che ne dici se ti stritolo? – fece con un sorriso sinistro.

– Che ne dici se ti trancio i tentacoli uno a uno? – replicò Babbiòn, roteando il coltellone.

Lilli scoppiò in una risata che provocò un piccolo maremoto, poi si immerse portando con sé il capitano.

– E adesso? – fece Michelina preoccupata.

– Adesso se le daranno di santa ragione – disse Derrick la Cernia.

Rimasero almeno dieci minuti sotto l'acqua che ribolliva mentre lottavano ferocemente. Quando riemersero, Lilli aveva sei tentacoli in meno e due cerotti sulla testa, Babbiòn era dimagrito di dieci chili, aveva un bernoccolo sulla fronte e un cerotto sul naso.

– Rimettimi sulla nave se non vuoi che ti stacchi tutti gli altri tentacoli!

– E tu restituiscimi l'uovo!

– Riprenditi pure il tuo stupido uovo – fece Babbiòn – e ringrazia il cielo che abbiamo fretta!

– Vai al diavolo! – rispose Lilli allungando un tentacolo per riprendersi l'uovo. – Piuttosto cerca di non passare più da queste parti altrimenti te la vedrai con mio marito!

Scagliò il capitano sulla nave e si immerse di nuovo in acqua.

Babbiòn ordinò di ripartire, quindi rientrò nella sua cabina sbattendo la porta rabbiosamente.

– Aveva ragione Spaccavongole – disse Willy Mau. – In questi mari ci sono dei mostri incredibili.

– Se devo essere sincero – disse Laupus – per un attimo ho temuto che potesse stritolare la nave e tutti noi.

– Speriamo di non fare altri brutti incontri... – disse Michelina.

Ma i brutti incontri erano sempre dietro l'angolo.

– Hic! Vi ho mai raccontato di quella volta – fece Happy Drink avvicinandosi – che io, Babbiòn e Max Maestrale abbiamo fatto a botte con una stella marina grande come la ruota di un luna park e ...hic! Per mille totani abbronzati, che mi possa travolgere un'onda alta sei metri se non è vero quello che sto... hic!, per raccontarvi...

Infatti non era vero niente, perché in quel momento arrivò fresca fresca l'ultima onda lasciata dall'immersione di Lilli, alta proprio sei metri e sottile quanto bastava per prendere solo lui. Lo travolse e lo trascinò giù fino alla cambusa, dove continuò a raccontarsi la storia da solo (hic!).

– Meno male! – disse Laupus. – A volte le onde arrivano come il cacio sui maccheroni.

I marinai tornarono sul ponte di poppa e si sdraiarono nuovamente a dormire, in pochi secondi le vele si gonfiarono e la Old Moby riprese la sua marcia.

– Peccato, – disse Michelina – cominciavo a divertirmi. Adesso mi toccherà tornare a sbucciare le patate.

– Ragazzi! – disse Laupus sottovoce. – Credo che questo sia il momento opportuno. Dobbiamo mettere in atto il nostro piano. Willy, scendiamo giù anche noi. Tanto qui dormono tutti.

Scesero nella stiva cercando di non fare rumore, quindi si sedettero accanto alla montagna di patate.

– L'idea è semplice – disse Laupus. – Dobbia-

mo sabotare la nave, appena approderemo a Uonpatàan. Così noi potremo proseguire da soli verso l'isola di Fat Wind.

– Semplice! – fece Willy Mau.

– Semplice! – ribadì Michelina.

– Non... non siete d'accordo?

Laupus aveva notato qualcosa di sarcastico nelle loro parole.

– Ma figurati! – disse Willy Mau. – Cosa vuoi che sia sabotare una nave sulla quale viaggiano una trentina di belve pronte a sbranarci a ogni movimento che facciamo?

– A parte il fatto che qui l'unico che rischia sempre sono io. Ma credo che questa sia l'unica soluzione, nipotini cari. Se arriviamo a Fat Wind con Babbiòn, il tesoro se lo pappa lui.

– Già, ma come intendi sabotarla la nave? – chiese Michelina.

– Ecco, siamo qui appunto per farci venire un'idea. Dobbiamo spremerci le meningi.

– Vediamo vediamo, – fece Willy Mau – si potrebbe far sparire il timone. Senza quello la nave se ne va per fatti suoi.

– E chi lo fa sparire il timone? – chiese Michelina.

– Ma io, naturalmente! – disse Laupus. – Sono un ottimo nuotatore. Mi immergo di nascosto e...

– E zac! Ti becca uno degli energumeni di Babbiòn! O peggio ancora, Nerone! Così si fa finalmente la collana con i tuoi denti – disse Michelina.

– Perché mai dovrebbero beccarmi? Mi immergo di nascosto...

– Il problema è sempre il sedere, zio – aggiunse Willy Mau. – È troppo grosso. Sporgerebbe dall'acqua...

– Come l'uovo del maxicalamaro – infierì Michelina.

– Ma insomma! La volete piantare con questa storia del sedere grosso?

– Dai, ammettilo. Hai un sederone! Ma non te ne vogliamo fare una colpa, sai – disse Willy Mau.

Il povero Laupus si procurò un mezzo torcicollo girando e rigirando la testa all'indietro per verificare le dimensioni del suo fondo schiena.

– Sai, zio? – disse Michelina. – Quando ho visto quell'uovo emergere dal mare, in un primo momento ho pensato che ti eri tuffato in acqua. Era così grande che sembrava il tuo sedere quando nuoti a rana.

– È vero, zio Laupus, anche a me ha fatto questa impressione.

I due presero a ridere sonoramente, mentre lo zio se li guardava tenendo le braccia conserte e un'espressione piuttosto contrariata.

– E va bene! – disse. – Quando torneremo a casa mi metterò a dieta. Vogliamo chiudere questo capitolo e pensare al nostro piano?

– Ma certo, zietto – disse Willy Mau. – Allora mettiamo da parte l'idea di rompere il timone?

– Bene, e voi che idea avete?

– Uhm, si potrebbe… si potrebbe… – fece Willy Mau.

– Si potrebbe… Si potrebbe… – aggiunse Michelina.

– Si potrebbe si potrebbe! – sbottò Laupus. – Neanche voi sapete che fare!

– Un momento! – fece Michelina. – Ecco l'idea!

– Avanti, spiffera! – disse Laupus con aria di sfida.

– Dobbiamo evitare che la nave possa muoversi, giusto?

– Giusto! – rispose Laupus.

– Come si muove la nave?

– Con le vele.

– Già, ma cos'è che fa gonfiare le vele?

– Il vento.

– E no! – intervenne Willy Mau. – Non hai visto che da quando siamo partiti non s'è alzato un filo di vento? Le vele si gonfiano grazie ai marinai che russano. Almeno, per il momento.

– Ebbene?

– Ebbene… – disse Michelina. – Se i marinai non dormono, non russano. E se non russano, niente aria sulle vele. Niente aria sulle vele, la nave sta ferma.

– E sentiamo! Come pensate di impedire che i marinai russino?

– Ma è semplice! Impedendogli di dormire.

Laupus si mise a ridere. Si era preso la sua piccola rivincita sulla storia del sedere grosso, o almeno così pensava.

– Sei furba! – disse ironicamente. – E tu saresti capace di convincere qualche decina di energumeni a non dormire? – Poi smise di ridere e si toccò il colletto della camicia. – Senza contare che quando dormono è l'unico momento in cui mi sento tranquillo.

– Sì, ma dobbiamo impedirglielo se vogliamo che la nave non si muova più. E il sistema c'è: dobbiamo provocare un rumore assordante e continuo.

– Musica a tutto spiano! – aggiunse Willy Mau.

– Che facciamo? – chiese Laupus. – Ci mettiamo a cantare Bianco Natale a squarciagola?

– Ma no! – disse Michelina. – Abbiamo la radiolina. Sintonizziamo su Radio Rock Sfracello e…

– La radiolina? Ma non ha un volume sufficientemente alto. Fa più rumore un canarino.

– Naturalmente devi trovare il modo per amplificarla – disse Willy Mau.

– Devo?

– Be', tu sei l'esperto di queste cose. Non ricordi quando hai montato lo stereo a casa? E chi è che ripara i televisori? O la lavatrice? Sei tu il tecnico di casa.

– È vero. Ma...

– Devi anche fare in modo che non riescano a capire da dove viene la musica. La batteria dura più di venti ore e se non trovano la radiolina abbiamo quasi un giorno intero di vantaggio.

– Un momento, un momento! L'idea potrebbe anche funzionare. Ma mettiamo che poi si alza il vento, quello vero...

– Niente paura – fece Michelina. – Ho sentito le previsioni. Bonaccia per i prossimi due giorni. E noi domattina saremo a Uonpatàan.

– Uhm... quasi quasi mi avete convinto. Però ci vorrebbero delle casse, del filo di prolunga... Non so quanto sia realizzabile, ragazzi.

– Dai mettiti al lavoro, zio – concluse secco Willy Mau. – Siamo sicuri che sei in grado di farcela. Scusaci, ma adesso noi dobbiamo riprendere il lavoro. Andiamo Miki.

I due si allontanarono fischiettando con aria di sufficienza, sotto lo sguardo sconcertato di Laupus, che ora si trovava a dover mettere in atto il diabolico e complicatissimo piano.

cap. 8

Ahiahiahi!!!

– TERRA IN VISTAAAAAA!

L'urlo del nostromo fece scattare in piedi tutta la ciurma. Le piccole case di Uonpatàan cominciavano a vedersi sempre più nitide. Ora veniva il bello, perché i marinai dovevano iniziare la manovra di ingresso e parcheggio nel porto.

Willy Mau e Michelina si affacciarono alla balaustra per seguire l'operazione.

– Speriamo che lo zio Laupus stia facendo un buon lavoro – sussurò Willy Mau.

– E speriamo che non lo becchi nessuno – disse lei.

La manovra di attracco non era semplice, e i marinai in questo erano piuttosto imbranati. La solita raffica di lampi e tuoni annunciò l'uscita di Monsieur Babbiòn dalla cabina. Si piazzò a gambe larghe e braccia conserte per seguire il lavoro dei suoi uomini.

L'ingresso nel porto fu una mezza catastrofe,

poiché ai comandi adesso c'era Happy Drink che manovrava il timone come una trottola, e la Old Moby si avvicinò al porto girando su se stessa e mettendo in fuga una comitiva di meduse in gita turistica.

– Qualcuno tolga il timone dalle mani di quell'incapace! – urlò Babbiòn, e il suo vocione fece sollevare uno tsunami al contrario che riportò la Old Moby al largo.

Al posto di Happy Drink andò al timone Matt Morgan, che prima di fare il pirata era stato campione di Formula 1. Stava per entrare in porto a 300 chilometri orari, ma riuscì a frenare in tempo, evitando così di sfracellare la nave sugli scogli. Al suo posto si mise Jimmy Caccola, però fece un testa coda, allora intervenne Derrick la Cernia.

– Dai a me, smidollato! – disse questo, afferrando il timone.

Ma lo prese con troppa forza e gli rimase tra le mani. Arrivarono gli energumeni di Babbiòn che sollevarono Derrick la Cernia di peso e lo gettarono fuori, misero il timone a posto e provarono a dare alla nave la direzione giusta. Ma siccome erano energumeni, tagliarono la strada a un peschereccio dal quale giunsero le seguenti parolacce: "Sgrunz e kekuzz! Kivdat l'patent! Lurd mbcill! Kve possen mzzatte!" (è dialetto uanpataanese, ed è meglio non tradurre).

Ci vollero circa tre ore, al timone si avvicendarono 26 marinai, uno più imbranato dell'altro, finché alla fine dopo una spericolata manovra in retromarcia, gli uomini di Babbiòn riuscirono a parcheggiare il veliero, tra un pedalò e un catamarano, guadagnando gli applausi della gente che si era raccolta sul molo per osservare la divertentissima scena.

– Il tempo di fare rifornimenti e si riparte! – ordinò Babbiòn rabbioso, per nulla soddisfatto della figuraccia rimediata con quell'ingresso in porto.

Willy Mau e Michelina erano vicini alla scaletta e aspettavano ansiosi che lo zio tornasse. Dopo un po' arrivò Laupus, mezzo trafelato, ma sorridente.

– Noi siamo arrivati – disse avvicinandosi al capitano. – È stato davvero gentile, Monsieur Babbiòn.

– Va bene, va bene. Basta con questi convenevoli. Prendi i tuoi marmocchi e fila via!

– Ce la manda una cartolina, capitano? – fece Willy Mau.

– Bella colorata! – aggiunse Michelina.

– Ci penserò – rispose burbero Monsieur Babbiòn.

I tre scesero dalla nave e si dileguarono tra la gente.

– Molto bene, bambini, adesso è il momento di trovare qualcuno che ci porti a Fat Wind – disse Laupus.

– Zio, com'è andata? – chiese Willy Mau.

– Non vi preoccupate. Ho sistemato la radiolina in un posto ben nascosto. Ho trasformato in amplificatori dodici scatoloni di patate e li ho sparsi per tutta la nave. Poi ho fatto tutti i collegamenti necessari e la musica sarà così forte che si sentirà all'altro capo dell'oceano.

– Come hai fatto per fare in modo che la radio si accenda?

– Ho usato un sistema di collegamenti meccanici che arrivano fino alla manopola di accensione della radiolina. Appena la barra farà la sua prima torsione verso sinistra, la radio si accenderà. E allora, cari marinai, addio alle vostre dormite!

– Sei un genio, zio! – disse Willy Mau.

– Su che stazione l'hai sintonizzata? – chiese Michelina.

– Radio Rock Sfracello.

– Micidiale! Lì fanno solo *techno hard rimbecilling music*, roba da tenere sveglia una mandria di elefanti sordi.

– State tranquilli, la nave al massimo arriverà a

trenta metri dal porto. Adesso andiamo a camuffarci.

I tre infilarono una stradina piena di negozi, la percorsero tutta finché trovarono una bottega che vendeva "TUTTO QUELLO CHE VI PUÒ SERVIRE, DAGLI STUZZICADENTI AI BAFFI FINTI". Degli stuzzicadenti non sapevano che farsene, mentre i baffi finti potevano essere molto utili. Ne presero tre e se li appiccicarono in faccia. In questo modo, se avessero incontrato Babbiòn o qualcuno dei suoi uomini, non sarebbero stati riconosciuti.

Infatti, appena giunsero nuovamente nelle vicinanze del porto, fecero un incontro poco piacevole.

– Ehi voi! – chiamò una voce alle loro spalle. Si voltarono e videro uno degli energumeni.

Cominciarono a sudare freddo, ma cercarono di mantenersi calmi.

– Vi ho già visti da qualche parte. Chi siete? E dove andate?

Laupus prese coraggio e cercò di tirarsi fuori dall'impaccio.

– Nosotros? Ehm, nos semos turistos. Venimos de otro paese.

– Turisti? – chiese l'energumeno, scrutando sospettoso Willy Mau e Michelina – Da dove venite?

Michelina fece un colpo di tosse e impostò un bel vocione da uomo.

– Yo soy Miguel, e questos sonos Pablito e Willito. Somos mexicanos.

– Messicani? – fece l'energumeno. Poi, come se avesse avuto un'illuminazione si batté una mano sulla fronte: – Ma certo, messicani! Avrei dovuto capirlo dai baffi.

– Seguro! – fece Laupus accennando un sorriso tremolante.

– Va bene, va bene. Vi avevo scambiati per altre persone. Scusate.

– De nada, señor.

Scampato il pericolo, i tre si allontanarono a passi rapidi, alla ricerca di un barcone da affittare.

Dovevano fare al più presto, perché c'era sempre il pericolo che qualcosa non funzionasse ed era meglio arrivare a Fat Wind, prendere il tesoro e svignarsela, prima che Babbiòn scoprisse l'inganno.

Girarono in lungo e in largo sul molo, finché trovarono un pescatore dall'aria addormentata, che per portarli a Fat Wind chiese in cambio cinque zelleri, una pinta di rum termonucleare e una pallina di tabacco da masticare.

– I cinque zelleri va bene – disse Laupus. – Ma il rum e il tabacco dove li prendiamo?

– C'è un negozietto sulla via principale. Lì vendono di tutto. Se non li trovate non si parte. Senza rum termonucleare non riesco neanche a sollevare un remo.

I tre si precipitarono di nuovo verso la bottega dove avevano comprato i baffi finti: "TUTTO QUELLO CHE VI PUÒ SERVIRE, DAGLI STUZZICADENTI AL RUM TERMONUCLEARE E PERFINO TABACCO".

– Ma... hanno cambiato l'insegna? – fece Willy Mau.

– Forse ci leggono nel pensiero – disse Laupus.

Dopo aver acquistato l'occorrente, tornarono dal pescatore e gli diedero quello che aveva chiesto. Lui bevve mezza bottiglia, prese i remi, e finalmente partirono.

Mentre uscivano dal porto, notarono che anche la Old Moby si stava muovendo. Ma, appena superato il molo, dal veliero si sprigionò una musica assordante (*"I wanna break your car on your head"* dei Chickabum Massacrators, un brano con tre batterie e dodici chitarre elettriche a fusione nucleare). I marinai si svegliarono di colpo, le vele si afflosciarono e la nave si fermò.

– Ha funzionato, zietto! – sussurrò Michelina.

– Shhht! – fece Laupus, temendo che il pescatore potesse sentire. Ma quello remava, masticava tabacco e dormiva, sognando di catturare un pescespada *station wagon*.

Si fece pomeriggio, poi sera, poi notte. Il pescatore remava senza fermarsi, come un robot, con gli occhi chiusi e senza dire una parola. Finalmente all'alba si vide l'isola di Fat Wind, piccola e verde, ricca di vegetazione.

La barca si accostò a una spiaggetta, ma il pescatore non smise di remare neanche quando la prua toccò la riva, continuò imperterrito finché Laupus gli fece notare che erano arrivati sotto una palma, e che continuando a remare sulla sabbia non si andava molto lontano.

– Grazie, buon uomo – disse poi scendendo. – Non vada via. Andiamo a salutare un amico e torniamo entro l'ora di pranzo.

Il problema era dove andare, a destra o a sinistra?

– Per fortuna l'isola non è grande – disse Laupus ai nipotini. – Io propongo di dividerci. Voi andate per di là, io vado da questa parte. Appena troviamo qualcosa di interessante ci mettiamo in contatto con i cellulari.

– Ok, capo! – fece Michelina.

– Forza, muoviamoci! – disse Willy Mau.

Laupus imboccò un sentiero stretto e pieno di vegetazione, camminando a fatica tra liane e fitte ramificazioni. Non si sentiva molto tranquillo, perché da un punto all'altro echeggiavano versi striduli e minacciosi.

Un pappagallo tipo Boeing 747 gli passò radente sulla testa scompigliandogli i capelli in un'acconciatura tra il punk e il leonino. Dai cespugli sembrava che mille occhi lo guardassero, dall'alto ogni tanto cadevano noci di cocco, vespe grandi come banane gli ronzavano attorno mostrando le varie specie di pungiglioni, come se fossero a una sfilata di moda.

Lui proseguiva silenzioso e prudente, ma la sfortuna volle che si imbattesse in una scimmiona che aveva un debole per gli esseri umani. E siccome di esseri umani non ne passavano molti da quelle parti, la bestia colse l'occasione al volo. Se ne stava appollaiata su un ramo leggendo le ultime novità su "Scimpanzé 2000". Appena si accorse del passaggio di Laupus, lo afferrò per i capelli e se lo mise in braccio, cominciando a sbaciucchiarlo come un bambolotto.

– Lasciami, bestiaccia! – urlava lui agitando le gambe.

– Sgront! (traduzione: quanto sei bello!) – rispose la scimmia, che faceva gli occhi languidi e stringeva il poveretto fin quasi a fargli mancare il respiro.

Un urlo disumano giunse da due alberi di distanza, dove comparve un altro scimmione, grande il doppio.

– Ac sgrunt miao mryt! (traduzione: cielo, mio marito!) – urlò inorridita la romantica scimmiona.

Il bestione era famoso in tutta l'isola (tra le scimmie, naturalmente) per la gelosia e per l'aggressività. Laupus approfittò del fatto che la bestia era stata colta di sorpresa e si liberò del suo abbraccio. Ma lo scimmione marito prese a saltare da un ramo a un altro, mentre sugli alberi si radunavano altri esemplari che presero a fare un tifo assordante, metà per Laupus e metà per lo scimmione.

La fuga però durò pochi metri, Laupus fu afferrato per il colletto della camicia, tanto per cambiare. Prima di essere stritolato, si infilò le mani nelle tasche rovistando freneticamente ed estrasse una bustina. L'aprì, facendo uscire una polverina che si sparse sul corpo dello scimmione. Questo lasciò la presa e prese a grattarsi su tutto il corpo freneticamente.

– Meno male! – pensò tra sé Laupus scappando a gambe levate. – Fortuna che m'ero portato dietro uno di quegli scherzi di carnevale dei miei nipotini.

Si allontanò fino a sparire completamente alla vista della bestia, ma improvvisamente scivolò lungo un declivio e si ritrovò steso a terra.

Era caduto in un punto fangoso e umido e quando si alzò si accorse di essere su una specie di sentiero che da una parte conduceva verso il mare, dall'altra si perdeva all'interno di una grotta.

Nel frattempo, al capo opposto dell'isola, Willy Mau e Michelina si trovavano vicino alla tana di un orango, o almeno quello che ritenevano tale. Sbirciarono dentro senza farsi vedere. La bestia se ne stava seduta su un tronco, sbocconcellava un pezzo di carne e canticchiava un motivo che pressappoco faceva così: "Lasciatemi mangiaaaare... auurgh!".

– Wil! – fece Michelina. – Quello somiglia tanto a quel cantante... come si chiama? Quello che quando canta urla che sembra uscito da un incidente stradale.

– Alberto Mangiaciccia?

– Proprio lui! Sta' a vedere che l'hanno sbattuto qui per non sentire più le sue lagne.

– Boh! In effetti gli somiglia molto. Sai che ti dico, è meglio che ci allontaniamo. Che sia un orango o Mangiaciccia, mi fa paura allo stesso modo.

Appena furono ben al sicuro, squillò il cellulare.

– Ragazzi, forse ci siamo! – fece Laupus al telefono.

– Hai trovato il letto? – chiese Willy Mau.

– Willy, dove lo trovo un letto in mezzo alla giungla? E poi, mica penserete che ci fermiamo a dormire qui?

– Intendo dire il letto del fiume, zio! Ma sei propri fuori, eh!

– Ooooh certo certo… il letto del fiume, mi ero distratto. Scusa, ma ho avuto un brutto incontro.

– Anche noi, ma lasciamo perdere. Allora, cos'hai trovato?

– Sono in una grotta e credo che il tesoro sia nascosto qui sotto. Raggiungetemi, presto!

In pochi minuti i due erano di nuovo insieme a Laupus. La grotta era buia e umida, e fu necessaria la torcia elettrica per fare luce.

– Come facciamo a sapere dove dobbiamo scavare? – chiese Willy Mau.

– Cerchiamo di ragionare – disse Laupus. – Di solito i pirati lasciano sempre un segno nel posto in cui seppelliscono i tesori. Dobbiamo solo cercarlo.

– Forse è quello? – fece Michelina indicando una roccia posta a una ventina di metri, sulla quale era incisa una scritta.

– Andiamo a vedere!

Quello che c'era scritto, però, non aveva affatto l'aria di essere un'indicazione molto utile: "ATTENTI AL CANE!"

– Meglio che ci allontaniamo, ragazzi – disse Laupus. – Non ho nessuna intenzione di discutere anche con un cane. Già ho avuto qualche problema con alcune scimmie e...

– Ma quanto sei scemo, zio! – esclamò Michelina.

– Sicuro, sei proprio scemo! – aggiunse Willy Mau.

– Come sarebbe?

– Secondo te una scritta del genere che senso ha su un'isola deserta?

– Non saprei.

– Qui non ci sono abitazioni o ville, quindi è difficile che ci sia un cane dal quale tenersi lontani.

– È vero, ma allora...

– Allora questa scritta è fatta proprio per gli allocchi – disse Willy Mau.

– Come te – aggiunse Michelina.

– Bambini, vi ricordo che sono vostro zio, e mi dovete portare rispetto.

– Va bene. Però come fai a non capire che il tesoro è sepolto proprio qui?

– E voi come lo sapete?

– Chi ha messo questa scritta voleva mettere paura a chiunque si avvicinasse. Ma solo gli allocchi possono lasciarsi intimorire da un avvertimento così stupido.

Laupus fece un paio di colpi di tosse per togliersi d'imbarazzo. In effetti non aveva fatto una gran bella figura.

– E va bene – disse. – Allora che aspettiamo? Cominciamo a scavare!

Si procurarono dei robusti rami appuntiti e cominciarono a scavare con quelli. Il terreno era sufficientemente morbido e in poco tempo avevano già scavato per più di un metro di profondità. Finché il bastone di Michelina urtò un oggetto duro.

– Qui c'è qualcosa, zio!

Laupus si chinò e cominciò a spostare la terra velocemente, scoprendo una sagoma scura e quadrata.

– Ragazzi, ... è il forziere! È il nostro tesoro! È proprio lui! ...È ... AHIAHIAHI!!!

– Che cos'è, Un grido di gioia? – chiese Willy Mau.

– Credo che abbia poco da gioire! – fece una voce cavernosa alle loro spalle. Laupus si massaggiava la nuca dolorante, sulla quale era appena rimbalzata una pietra di dimensioni 15x9x12, e del peso di 0,345 chili a forma di fagiolo gigante. I tre si voltarono, e videro sul ciglio della buca due paia di stivali inzaccherati, e man mano che sollevavano lo sguardo videro che gli stivali contenevano due paia di gambe, sulle quali svettavano due omaccioni che già conoscevano.

– Volevate fare i furbi, eh! – disse uno degli energumeni.

– Babbiòn non gradirà molto questo sgarbo – aggiunse il secondo energumeno.

Gli alberi cominciarono a ondeggiare paurosamente, mentre i pochi sprazzi di cielo che si vedevano tra la vegetazione assumevano colore plumbeo. Si alzò improvvisamente un vigoroso ululato del vento e gli uccelli presero a scappare a frotte. Era un segnale ormai inconfondibile.

– Oh mamma mia! – esclamò Laupus dolorante e rassegnato. – Eccolo di nuovo!

Alle spalle dei due energumeni comparve il viso bluastro, fosforescente, lampeggiante, e soprattutto molto arrabbiato, di Monsieur Babbiòn. Peggio di così non poteva andare.

cap. 9

Prrrr!!!

Il colletto della camicia di Laupus ormai era completamente sgualcito e portava impresse le forme di molte dita, sia umane che scimmiesche. La sua presa era quindi sempre più facile, anzi sembrava fatto apposta. Uno degli energumeni si chinò con un sorriso beffardo e lo sollevò.

– Ehm... non troppo, per favore – disse lui. – Non mi sollevate troppo. Non vorrei che mi avvistasse il marito della scimmiona...

– Cosa vai blaterando, balordo? – disse l'energumeno, agganciandolo a un ramo. – Adesso te ne stai appeso qui finché decideremo cosa fare di te. Quanto a voi – disse poi, rivolgendosi a Willy Mau e a Michelina – mettetevi in un angolo e non provate ad aprire bocca!

Monsieur Babbiòn si sfilò i grandi guanti neri e si avvicinò a Laupus, che dondolava con un'espressione da ebete.

– Cosa ne sapevate voi del tesoro? – chiese con

l'aria di volerlo squartare, fare a pezzetti e rivenderlo al mercato sotto forma di scatolette di tonno.

– Quel tesoro ci appartiene! – disse Laupus. – Ce lo lasciò in eredità Gomez Barba!

– Ah, vi appartiene? Senti senti. Peccato che io la pensi diversamente!

E, per convincerlo meglio, gli afferrò il naso e lo tirò con forza, allungandolo di circa tre centimetri.

– Ehi! – urlò Michelina. – Ma allora è un vizio! Lasciagli il naso, stupido rospo!

– Come vuoi, piccola mocciosa!

Babbiòn lasciò la presa e il naso di Laupus tornò indietro con un sordo schiocco, doloroso come una frustata.

– Credevate di farmi fesso, eh! Ma Babbiòn non si lascia infinocchiare da nessuno! Però – aggiunse afferrando l'orecchio destro di Laupus e tirandolo come un elastico – sappi che mi dovrai risarcire i tre alberi della mia nave!

– Ahiahihai! … Perché… ahi, l'orecchio! Perché dovrei risarcire gli alberi?

– Perché – rispose Babbiòn mollando l'orecchio che fece "sgnock!" e divenne rosso – li ho dovuti far segare per ricavarne una quarantina di remi. E sappi – continuò, afferrando l'orecchio sinistro – che mi dovrai risarcire anche diverse centinaia di bottiglie di rum!

– Ahihaihai! L'orecchio… Perché? …Ahi!

– Perché i miei uomini vanno a rum. Sennò chi gliela dà l'energia per remare a quegli smidollati? Con un litro fanno al massimo diciotto miglia.

– Però… eh eh! – disse Laupus. – Consumano poco… la mia macchina con un litro fa appena quindici chilometri… ahiahihai!

– Non fare lo spiritoso! – urlò Babbiòn lasciando l'orecchio che fece "sglock" e divenne rosso come l'altro.

– A voi ci penserò dopo – disse Babbiòn guardando Willy Mau e Michelina, poi si rivolse agli energumeni: – Forza ragazzi, aprite quel forziere!

I due saltarono nella buca e tirarono lentamente su il coperchio. Sembrava un momento solenne, tutti se ne stavano col fiato sospeso e gli occhi puntati su quella lastra di metallo che saliva piano piano. Ma, appena fu tirata completamente su, ne uscì un pupazzo a molla che li salutò con una sonora pernacchia: PRRRRRRRR ! ! !

– Maledizione! Che cos'è questo scherzo? – urlò Babbiòn avvicinandosi al pupazzo, che ancora oscillava e sembrava ridesse di lui. Il capitano gli mollò un ceffone, mandandolo a finire sul ramo accanto a quello su cui era appeso Laupus.

– Capitano, c'è un foglio! – disse uno degli energumeni indicando il fondo del forziere.

Babbiòn lo afferrò con rabbia e cominciò a leggerlo:

"Credevate di trovare il tesoro, eh! Ah ah ah! Sappiate, cari i miei allocchi, che siete arrivati troppo tardi. Siccome io sono furbo e ho capito che questo posto prima o poi sarebbe stato frequentato da gentaccia della vostra risma, ho pensato bene di portarlo via e metterlo al sicuro. Comunque, siccome sono anche tenero di cuore, vi voglio aiutare. Sapete, io sono un indovino e posso prevedere che cosa accadrà in futuro. Dunque, secondo quanto mi dice il flusso degli astri, il gracidare delle rane e lo sguardo da gallina di mia moglie, prevedo che il tesoro finirà nelle mani di un losco individuo chiamato Jacques. Ricordate: JACQUES! Volete sapere chi è? Col cavolo che ve lo dico!

Ah ah ah! Firmato Vostradamus, alchimista, indovino, barbiere e, a tempo perso, idraulico e imbianchino. Nell'anno del Signore MDCCLXXIII"

L'ira di Babbiòn esplose come un uragano, gli usciva fumo dalle orecchie e dalle narici, vibrava come un martello pneumatico e puntava lo sguardo minaccioso verso Laupus.

– Io non c'entro eh... – fece Laupus intuendo che Babbiòn stava meditando qualche altra piccola tortura. Infatti, il capitano si avvicinò e gli afferrò braccia e gambe, intrecciandoli come un grumo di nodi alla marinara.

Laupus, così conciato, ormai aveva perso ogni caratteristica umana e sembrava un grosso frutto tropicale.

– Insomma – sbottò Michelina – la pianti di fare del male a mio zio?

Babbiòn non rispose, e prese a girare in tondo soffiando nervosamente.

– Chi diavolo è questo Jacques? – urlava rabbioso.

– Forse a Puerto Maldido qualcuno lo saprà – fece Willy Mau. – Perché non torniamo indietro?

– Torniamo? – fece Babbiòn imbufalito. – E cosa vi fa pensare che io abbia intenzione di riportare indietro anche voi?

– Non... non vorrà mica lasciarmi così, appeso come un casco di banane, in balia degli scimmioni che popolano quest'isola? – fece Laupus, riuscendo a parlare a fatica, con la testa che gli sbucava dal groviglio della gamba destra intrecciata col braccio sinistro.

– E ringrazia il cielo che non ti affettiamo come un cocomero! – fece uno degli energumeni puntando una spada che non era certo una lametta da barba.

– Un momento! – fece Michelina. – Adesso che ricordo, mi pare di aver sentito qualcuno che chiamava un certo Jacques!

Babbiòn e i due energumeni si precipitarono vicino a lei come lupi affamati, assordandola con una raffica di domande fatte così come venivano.

– Dove?!

– Come?

– Chi lo chiamava?

– A che ora?

– Di che colore era vestito?

– Quanto era alto?

– E dove andava?

– Quanti soldi aveva in tasca?

– Dov'è nato?

– Aveva il naso?
– Qual è il suo codice fiscale?
– È sposato? Ha figli?
– Quanti capelli aveva in testa?
Michelina si tappò le orecchie.
– Basta! Basta, per favore! Mi state facendo diventare sorda!
– Insomma, ci vuoi dire dove diavolo hai visto questo Jacques, che se lo prendiamo lo trasformiamo in un cumulo di macerie umane!
– Calma, calma! – fece la bambina. – Eravamo al porto, prima di partire per Uonpatàan.
– A Puerto Maldido? – chiese Babbiòn.
– Esatto! Ho sentito un pescatore che chiamava "Jacques! Ehi Jacques!". Proprio così!
– E lui si è voltato?
– Sì. Si è voltato e gli è andato incontro.
– Bene, allora devi dirci com'è fatto! Dobbiamo acciuffarlo! – fece Babbiòn.
– Oh be'... precisamente non ricordo – fece Michelina con aria furbetta. – Sapete, per riconoscerlo dovrei vederlo. E... se sto qua, non potrò mai vederlo.
– Ah, piccola vipera! – esclamò uno degli energumeni aprendo la mano come se volesse darle una sberla.
– E va bene! – intervenne Babbiòn. – Vuol dire che ti porteremo con noi a Puerto Maldido, così potrai riconoscerlo.
– E lo zio? – chiese Michelina.

– Lui e tuo fratello rimangono qui!

– Peccato. Quando non ci sono loro, mi va via la memoria. Può darsi che non mi ricordi più la faccia di Jacques!

– Fai la furba, eh! – esclamò Babbiòn stringendo i denti. – D'accordo. Vi riporteremo indietro tutti e tre. Ma state attenti, che se si tratta di una balla vi concio per le feste.

Gli energumeni liberarono Laupus, che rotolò a terra e dovette improvvisarsi contorsionista per riprendere la sua vera forma.

Dopo un po' erano tutti di nuovo sul veliero. Babbiòn fece chiudere Laupus e i nipotini in una piccola cella vicino alla stiva.

– Accidenti! – fece Michelina. – Quando arriviamo a Puerto Maldido, dovremo trovare il modo di scappare.

– Perché? – chiese Laupus. – Che motivo c'è di scappare?

– Perché non è vero niente! – rispose Michelina.

– Non è vero cosa? – domandò Willy Mau.

– Io non ho mai visto nessun Jacques. Ho inventato tutto!

– Davvero? – fece Laupus.

– Certo che no! Mi sono inventata questa storia perché era l'unico modo per farci riportare indietro.

– È un bel guaio – fece Laupus.

– Credo che Babbiòn questa non ce la perdonerà.

Laupus si toccò il colletto con espressione preoccupata.

– Già – disse – Quando torniamo a casa, se ci torniamo, dovrò comprarmi un set di camicie nuove.

La Old Moby si lasciò alle spalle Fat Wind, dove rimase solo il pescatore, del quale si erano dimenticati tutti.

cap. 10

Tsè

Attraversare il mare nel lungo tratto che separava Fat Wind da Puerto Maldido non era certo un'impresa tranquilla. Il mare era popolato di mostri grandi dieci volte quelli che si vedono nelle tranquille località balneari di villeggiatura e il tempo rappresentava un'insidia costante, perché dal "sereno tranquillo da sonno" si poteva improvvisamente passare al "burrascoso irrequieto da paura". Le onde talvolta raggiungevano i dieci metri di altezza e sbatacchiavano qualsiasi nave di qua e di là.

Quel giorno il mare era forza 9, che è un po' come se qualcuno prendesse il pianeta in mano e lo agitasse per sentire se dentro c'è la sorpresa. Violenti spruzzi d'acqua innaffiavano la Old Moby e di tanto in tanto lasciavano sulla nave vari generi di fauna marina. Pioveva di tutto, pescispada e pesci coltello, tonnopardi e squalosauri. Un gambero grande come un furgone si schiantò sul corpo massiccio di Luisito Squisito e pretendeva da lui i soldi per farsi riparare i danni dal carrozziere. Jimmy Caccola fu colpito in pieno viso da una trigliopapera, che finì in padella e siccome era grande sì e no come una ranocchia fu contesa a suon di cazzotti da lui, Matt Morgan e Nerone. Un delfino turbodiesel, che nella tempesta aveva perso l'orientamento, attraversò la nave da babordo a tribordo come un siluro, e lasciò due falle che furono prontamente riparate dai marinai con una specie di colla composta da grasso di balena, squame di merluzzo e sudore di Jimmy Caccola.

Un'onda di ventotto metri sollevò la Old Moby che si cappottò tre volte e miracolosamente si ritrovò in piedi su un enorme tappeto di schiuma bianca.

Chiusi nella loro angusta cella, Laupus e i nipotini non potevano fare altro

che ascoltare le grida sguaiate dei marinai e lasciarsi scagliare da una parete all'altra dalla furia del mare.

Nel tardo pomeriggio il tempo si mise al "buono sereno riposante" e finalmente si poté assaporare un po' di tranquillità.

Laupus si mise a sonnecchiare su una branda, Willy Mau leggeva, Michelina se ne stava stesa a terra a disegnare pigramente su un foglio.

Con la matita se la cavava bene, e fece i ritratti di tutta la gentaccia che aveva conosciuto in quei posti, da Olezz Trippa a Monsieur Babbiòn, Spaccavongole e gli energumeni. Dopo un'ora aveva riempito una decina di fogli.

– Guarda questo, – disse porgendo un disegno a Willy Mau – lo riconosci?

– È il vecchio Rimba – rispose lui. – Però gli hai fatto il naso troppo piccolo.

Michelina con due colpi di matita lo aggiustò.

– Come ti sembra adesso?

– Perfetto!

– Ed eccolo qui il terribile Joaquim Erpino de...? A proposito, come si chiama?

– Sembra facile ricordarlo – rispose Willu Mau. – Ha un nome lunghissimo... Joaquim... Joaquim...

– Scriviamoli qui sul foglio man mano che li ricordiamo. Allora, Joaquim è il primo nome, giusto?

– Giusto.

– Poi c'era un Esteban.
– Sì, ma Esteban veniva molto dopo. Prima c'erano Querido e… e…
– Secundo! Questo me lo ricordo!
– Secundo era alla fine.
– Va bene, intanto lo segno qui sotto.
– Allora, abbiamo Joacquim, Esteban, Secundo. Cos'altro ci manca?
– Ce ne mancano almeno altri quattro.
– Ulzante! Questo me lo ricordo!
– Bravo Wil! Ulzante e poi… e poi… c'era un nome strano, qualcosa come corbellerie…
– Corbezzoli?
– Corbezzoli? Uhm, Corbezzoli Corbezzoli… Corbéz! – era Corbéz!
– Brava Miki!
– Allora, vediamo se ricordo bene: Joacquim, poi Corbéz, Esteban, Secundo. In mezzo c'era un Querido.
– È vero, e dopo Querido c'era Ulzante!
– Quindi sarebbe: Joaquim Corbéz Querido Esteban Ulzante Secundo.
– Ulzante stava prima di Esteban.
– Joaquim Corbéz Querido Ulzante Esteban Secundo… Uhm, ne manca uno.
– Già, quello che veniva subito dopo Joaquim.
– Cerchiamo di ricordare la frase. Come disse? "Non stai parlando con uno dei tuoi scagnozzi! Il mio bis-bis-bis-nonno era il braccio destro di Gomez Barba! Io sono Joaquim…". Joaquim…

Giuliano, ... uhm no! Joaquim Divano... No! Joacquim...

– Caimano?

– Ma no! Joaquim... Er Nano... Arcano ...

– ...

– ... Arano!!! Trovato! Era Arano il secondo nome! – fece Michelina soddisfatta.

– Quindi, com'è il nome completo?

– Joaquim Arano Corbéz Querido Esteban Ulzante Secundo! Finalmente!

– Però, che buffo nome! Immagina che carta d'identità enorme deve avere per farcelo entrare tutto!

– Chissà? Magari per un nome così mettono solo le iniziali.

– J.A.C.Q.U.E.S ...certo, è più facile.

– Hai detto Jacques?

Si guardarono sorpresi.

– Wil! – esclamò Michelina eccitata. – Le iniziali del vecchio Rimba formano il nome Jacques! Ma allora... allora ...

– È lui!

– Ma certo! È lui il Jacques di cui parlava Vostradamus!

Mentre i due facevano la strepitosa scoperta, Laupus si agitava sulla branda:

– No!... Fermi!... Non l'ho fatto apposta... Monsieur Babbiòn, abbia pietà di me!... No! In pasto agli squali nooooo!

Cadde dalla branda, sotto lo sguardo incuriosito dei nipotini. Si rialzò con i capelli arruffati e gli occhi cerchiati.

– Che ti succede, zio? – domandò Michelina.

– Ho avuto un incubo… Terribile!

– Quasi ci hai messo paura.

– Ho sognato che avevo preparato una zuppa che sapeva di sudore di topo.

Si stropicciò gli occhi, per essere sicuro di essersi svegliato davvero. Poi sorrise, per sua fortuna non doveva preparare nessuna zuppa.

– Forse è meglio che ti distrai un po', zietto – disse Willy Mau.

– Già, e come? – fece lui.

– Per esempio, ti possiamo raccontare qualcosa di molto interessante.

Si sedettero accanto a lui e gli spiegarono quale sensazionale scoperta avevano fatto.

– Dunque, Jacques sarebbe il vecchio Rimba? – fece Laupus incredulo.

– Già, – fece Willy Mau – e se è vera la profezia di Vostradamus, vuol dire che il tesoro è nelle sue mani.

– Vorrai dire nell'unica mano che gli è rimasta – commentò Michelina.

– Un momento, ragazzi – disse Laupus. – Qui c'è qualcosa che non quadra. Come avrebbe fatto il vecchio Rimba ad arrivare a Fat Wind prima di noi e prendere il tesoro?

– Ma il tesoro non era più a Fat Wind dai tempi di Vostradamus – disse Willy Mau. – Ricordi cosa

diceva il biglietto? Vostradamus lo aveva portato via da lì.

– È vero! – disse Laupus. – E dove lo avrebbe portato?

– Magari proprio a Puerto Maldido – disse Michelina.

– Eppure – fece Willy Mau – il vecchio Rimba era stato chiaro. L'abbiamo visto con i nostri occhi mentre picchiettava sulla cartina. Non ricordi? Disse "Il tesoro è sotterrato qui sotto!". E il dito indicava proprio l'isola di Fat Wind.

Michelina si portò una mano al mento e cominciò a girare in tondo, poi d'un tratto si fermò come se fosse stata colta da un'illuminazione.

– Ma è chiaro! – esclamò. – Il tesoro si trova proprio a Puerto Maldido! E precisamente nella taverna di Olezz il puzzone!

– Come? – fece Laupus.

– Stai vaneggiando? – aggiunse Willy Mau.

– Nient'affatto! Rimba diceva "qui sotto" perché si riferiva ai sotterranei della taverna.

– Ma lo diceva picchiettando sull'isola di Fat Wind! – disse Willy Mau.

– Però lui non l'ha mai nominata. È stato Olezz a dire Fat Wind. E, se ricordi bene, il vecchio Rimba ha risposto "ho detto qui sotto e non lo voglio ripetere". Che bel furbacchione!

– Il tuo ragionamento non fa una piega – disse Laupus sorpreso dalla sagacia della nipotina. – Ma lui come faceva a sapere che il tesoro era lì?

– Questa sì, è una bella domanda! – disse Michelina.
– Accidenti! – disse Willy Mau. – Se è così, c'è il rischio che si sia già impadronito del nostro tesoro!
– Abbiamo fatto tutto questo viaggio per niente – brontolò Laupus – e io ho rischiato pure di perdere i denti e di essere dato in pasto agli squali.
– Ora che si fa? – chiese Willy Mau.
Già, ora che si fa? Domanda d'obbligo per chi si trova in una situazione che sembra senza via d'uscita. Chiusi in quell'angusta stanzetta, i tre vennero assaliti dalla triste sensazione di avere sprecato inutilmente tempo ed energie. Ma qualcosa bisognava fare!
– Ragazzi, – disse Laupus – credo che ci convenga dire tutto a Babbiòn.
– Perché? – chiese Michelina.
– Adesso sappiamo davvero chi è Jacques. Potremmo chiedergli di liberarci e in cambio gli riveliamo il segreto.
– A un patto però! – fece Michelina.
– Quale?
– Che ci porti con lui. Sicuramente, appena saprà del vecchio Rimba, si metterà alla sua ricerca per soffiargli il tesoro. Ebbene dobbiamo strappargli la promessa che ci porterà con sé, e che del tesoro si fa *fifty-fifty*, corpo di mille balene!

– Ben detto, vecchia mia! Per mille trote affumicate! – esclamò entusiasta Willy Mau.

Laupus se li guardava perplesso, adesso si esprimevano come pirati e sembravano eccitati all'idea di allearsi con Monsieur Babbiòn. Mentre lui non vedeva l'ora di uscire da quella interminabile avventura.

– Vado io! – fece Michelina.

– Dove? – chiese Laupus.

– A parlare con Babbiòn.

– Vengo anch'io! – fece Willy Mau.

Laupus non era d'accordo.

– Scherzate? Non crederete certo che vi lasci andare da soli da quel lupo mannaro? No, no, ragazzi, ci vado io!

– No, zio, meglio di no. Troppo rischioso per te – disse Michelina.

– Avanti! Volete tirar fuori un'altra volta la storia del sedere grosso, eh? A parte il fatto che non ce l'ho, se anche ce l'avessi che rischio comporterebbe in questo caso?

Willy Mau e Michelina si guardarono, come se cercassero di comunicarsi telepaticamente una buona scusa per evitare che lo zio andasse a parlare con Babbiòn.

– Ehm... vedi, zio – disse Willy Mau – il sedere grosso questa volta non c'entra niente...

– E comunque ce l'hai, eh! – precisò Michelina.

– Per favore! – protestò Laupus, mentre i due ridacchiavano.

– Dicevo, – proseguì Willy Mau – il problema è che se vai da Babbiòn, non torni più indietro. Sai, quando siamo saliti sulla nave abbiamo sentito un marinaio che diceva una cosa terribile. Sembra che Babbiòn sia così arrabbiato con te che vuole farti scannare dai due energumeni.

– Proprio così, zio, – aggiunse Michelina – scannare!

Laupus fu attraversato da un brivido così intenso che per le vibrazioni si sentiva il ticchettio delle costole.

– Poi – riprese Willy Mau – vuole farti a pezzettini piccoli piccoli...

– A dadini, insomma – aggiunse Michelina.

– Sì, una parte la vuole dare in pasto ai pescecani.

– E una parte se la vuole tenere per giocare a dadi con gli energumeni.

Laupus non sapeva che cosa rispondere, si sedette sulla branda con gli occhi sbarrati e la bocca aperta. Terrorizzato.

– Invece noi non corriamo alcun pericolo – fece Willy Mau. – Babbiòn non usa violenza sui bambini. Al massimo li sgrida.

– Già, in fondo non è poi così cattivo – concluse Michelina.

– Certo certo – fece Laupus, immaginandosi sotto forma di spezzatino. – È proprio un pezzo di pane.

Dopo averlo convinto con questa bella sequenza di frottole, i due cominciarono a chiamare a gran voce per farsi aprire la porta.

Arrivò un marinaio trucido che masticava una gomma all'aringa.

– Che diavolo avete da urlare? – chiese.

– Dobbiamo parlare con Monsieur Babbiòn! – fece Michelina decisa.

– Tsè! – rispose quello.

– Che vuol dire tsè?

– Vuol dire: ma che bella pretesa!

– Forza, apri questa porta, che non abbiamo tempo da perdere!

– Ti sta dando di volta il cervello, piccola pulce?

– Abbiamo cose importanti da dirgli!

– Sì? Be', te lo puoi scordare!

Il marinaio stava per andare via, ma Michelina non si diede per vinta.

– Mio zio Laupus ha detto che se non ci fai parlare con Babbiòn, quando scendiamo dalla nave ti fa saltare tutti i denti.

Laupus divenne bianco come un lenzuolo passato in candeggina per un mese. Avrebbe voluto dire qualcosa a Michelina ma la paura gli impedì di parlare. Aveva ragione a essere terrorizzato, il marinaio fece dietrofront e si avvicinò con espressione minacciosa, e lui si appiattì così tanto contro il muro che sembrava disegnato sulla parete.

– Guarda guarda, – disse il marinaio aprendo la porta – avevo giusto bisogno di un dentista per…

Non fece in tempo a finire la frase. Michelina e Willy Mau sgusciarono sotto le sue gambe e corsero come frecce per raggiungere la cabina di Monsieur Babbiòn.

– Fermateli! Acciuffate quei due mocciosi! – urlò il marinaio che abbandonò ogni proposito di vendetta nei confronti di Laupus e prese a rincorrere i due ragazzini.

Tutta la ciurma si mise in moto per acciuffare Willy Mau e Michelina, ma quelli riuscivano a zigzagare seminando tutti. Provò ad afferrarli Jimmy Caccola, che si lanciò in tuffo e finì dritto dritto dentro una scialuppa di salvataggio.

Ci provarono capitan Brasco e Nerone, uno da una parte e uno dall'altra, ma si ritrovarono ab-

bracciati tra loro. Ci provò Happy Drink che però, a causa del perenne stato di ubriachezza, vedeva correre quattro bambini. Fece pochi metri barcollando, poi cadde nella cambusa e cominciò a raccontarsi: – Vi ho mai detto di quella volta che affrontammo una coppia di balene siamesi... hic!", eccetera eccetera.

In trenta secondi, Willy Mau e Michelina giunsero davanti alla cabina di Monsieur Babbiòn e, senza neanche bussare, si precipitarono dentro. Chiusero la porta alle loro spalle, e subito calò un silenzio gelido.

Tutti guardavano verso la cabina, aspettando di sentire le urla del capitano.

Niente. Solo silenzio.

Passarono dieci, venti minuti, mezz'ora. Finalmente la porta di Babbiòn si aprì, Willy Mau e Michelina uscirono sorridenti. E dietro di loro, accompagnato dal solito susseguirsi di tuoni e lampi, comparve il capitano.

– Rifocillate i ragazzi! E anche quello smidollato dello zio – disse. – E quando arriviamo a Puerto Maldido ricordiamoci di fare una puntatina dal trippone e dal nostro caro vecchio amico Rimba, che gli devo fare un discorsetto.

Missione compiuta. L'accordo col capitano era stato raggiunto. Mica male come risultato per i due fratellini!

cap. 11

Sigh!

Erano tutti molto agitati, il capitano Babbiòn, i due energumeni, la ciurma, i topi di bordo e le cimici di turno. Tutti molto agitati. Anche Laupus e i nipotini non riuscivano a nascondere il nervosismo. Se ne stavano sul ponte di prua, in attesa che la nave attraccasse.

La manovra riuscì splendidamente, almeno dal punto di vista di Babbiòn e compagnia. La Old Moby entrò a Puerto Maldido dritta come una spada e frenò la sua corsa quando la prua s'infilò nella casupola di Spaccavongole, che stava dormendo e si sentì solleticare le narici dalla punta dell'ancora.

– Ehi! – disse aprendo gli

occhi. – Non vi hanno insegnato che si bussa prima di entrare?

– E a te non hanno insegnato a spostare la tua catapecchia quando arriva la mia nave? – disse Babbiòn, scendendo e ordinando ai suoi uomini di correre verso la locanda di Olezz Trippa.

– Forza, razza di molluschi! Non dobbiamo perdere un minuto! Appena arriviamo alla taverna, circondatela e non fate uscire nessuno!

Ma quando arrivarono, trovarono sulla porta un cartello con la scritta "Chiuso per ferie. Riapriremo quando ci pare".

– Maledizione! – esclamò Babbiòn. – Quel lurido ciccione è scappato! Avanti, sfondate la porta!

Il metodo dello sfondamento era semplice e collaudato. Alcuni marinai afferrarono Matt Morgan, lo misero in orizzontale e lo trascinarono correndo verso la porta. La testa di Matt Morgan era così dura che sul suo conto si raccontavano leggende favolose: si diceva che apriva le noci di cocco a craniate, che con un solo colpo poteva 5spaccare una montagna e ricavare un tunnel già pronto per l'uso, e che una volta con un colpo di testa avesse spedito una balena da Capo Horn alle Antille.

La porta infatti cedette, diventando un mucchietto di segatura. Matt Morgan si rimise in piedi soddisfatto, passandosi una mano nei capelli perché l'urto lo aveva leggermente spettinato.

– Secondo me, siamo arrivati troppo tardi – disse Michelina.

Babbiòn entrò e si diresse verso il tavolo dove qualche giorno prima si era incontrato con il vecchio Rimba.

– Qua sotto, aveva detto quel vecchio rudere!... Qua sotto però – fece, chinandosi per guardare tra le gambe del tavolino – qua sotto non c'è niente!

Laupus e i nipotini si guardarono perplessi.

– Sarà pure un grande corsaro, – sussurrò Michelina – ma a me sembra anche un grande scemo.

Poi si rivolse a Babbiòn.

– Forse Rimba intendeva dire sotto il pavimento.

– Uhm... ha ragione la mocciosa – fece Babbiòn. – Certo, certo. Ma come ho fatto a non pensarci prima?

Con una manata vigorosa sollevò il tavolino e lo lanciò di lato. Andò a schiantarsi sulla testa di Matt Morgan, ed è superfluo dire come si ridusse il tavolino.

– Sollevate quella pietra! – ordinò Monsieur Babbiòn.

Gli uomini tirarono su una grossa pietra quadrata che aveva al centro un gancio. Si aprì su una scala di legno che portava in uno scantinato buio.

Scesero facendo luce con delle torce, e appena arrivati ai piedi della scala trovarono una grande fossa scavata di fresco. Vuota!

– Ecco dov'era il tesoro! – urlò inviperito il capitano. – Dannato vecchiaccio! Era d'accordo con il ciccione... Ma non la passeranno liscia, parola di Babbiòn! Andiamo a stanarlo dalla sua lurida stamberga. Voglio smontarlo pezzo per pezzo!

Il corteo, vociante e disordinato, si precipitò fuori della taverna e in pochi minuti raggiunse la casa del vecchio Rimba. Sulla porta una grande targa di ottone lucidato recava la scritta:

JOAQUIM ARANO CORBÉZ
QUERIDO ALZANTE ESTEBAN SECUNDO,
VALOROSO CORSARO,
ESPERTO IN ARREMBAGGI E RAZZIE,
DETTO ANCHE, NON SO PERCHÉ, IL VECCHIO RIMBA

– Valoroso corsaro!? – fece Babbiòn. – L'impresa più coraggiosa della sua vita è stata un duello con un granchio miope! Razza di fanfarone! Ma gliela faccio pagare. Presto, la testa di Matt Morgan!

Gli uomini, ormai ben allenati in questo, sfondarono la porta, ma dentro non c'era nessuno. Cominciarono a rovistare, sperando di trovare il tesoro, buttando all'aria tutto quello che trovavano: arpioni e lische di pesce, polipi imbalsamati, uncini di ricambio, un vecchio dente cariato. Anche Laupus, Michelina e Willy Mau si davano da fare per cercare qualcosa che assomigliasse anche lontanamente a un tesoro. Aprirono cassetti, tirarono fuori pedalini bucati, mutande, canottiere ingiallite.

– Guardate qui! – disse a un tratto Willy Mau, tirando fuori una busta da un cassetto. – C'è una lettera…

– Fai vedere – disse Laupus, che prese a leggere velocemente. – Ehi, ma… ma… Non posso crederci!

– Cosa, zio? – fecero Michelina e Willy Mau.

– Cosa? – chiese Monsieur Babbiòn.

– Cosa? – chiese in coro tutta la ciurma.

– È firmata Marlene – disse Laupus con un filo di voce.

– Chi diavolo è Marlene? – domandò il capitano.

– È mia zia… zia Marlene. Riconosco la sua scrittura. …ma cosa c'entra lei con il vecchio Rimba? Io non ci capisco più niente!

– Dammi qua! – fece Babbiòn strappandogli la lettera di mano. – Oh, ma senti senti… "*Ciao Rimba, cicciolino mio carissimo, Cippi Cioppi, mio principe vigoroso e bello come il sole…*". Principe vigoroso il vecchio Rimba? Ma questa donna è svitata! Bello come il sole, poi!… Mah, andiamo

avanti, *"Sei sempre nei miei pensieri e ti sogno tutte le notti"*... Sai che incubi, poveraccia!... *"Non vedo l'ora di abbracciarti. Adesso che quel vecchio bacucco di mio marito Bobi se n'è andato, possiamo finalmente sposarci e vivere ricchi e felici con il tesoro di Gomez Barba. A proposito, ti sei messo d'accordo con Olezz il ciccione? Devi fare in modo che quel citrullo di Monsieur Babbiòn si allontani da Puerto Maldido..."* Citrullo a me? Se acchiappo questa donna, giuro che la trasformo in un'aragosta ammaccata!

– Ma è mia zia! – protestò Laupus.

– Stai zitto! – urlò Babbiòn. – Non vedi che ha fregato anche te? Fammi andare avanti, *"Il tesoro, come mi ha rivelato Bobi, è nascosto nella locanda del ciccione. Appena quel sottosviluppato di Babbiòn si sarà tolto dai piedi, vai e prendilo. Io arrivo tra pochi giorni, poi partiremo a bordo del Beautiful Ridge, un bel veliero che ho prenotato proprio per festeggiare le nostre nozze, e potremo finalmente divertirci con i nostri bei soldini.. Tanti baci, smack smack, la tua piccioncina Marlene"*.

Calò il silenzio, Laupus guardava Babbiòn che guardava Laupus. Sì, insomma si guardavano, ma avevano sguardi diversi. Feroce e pronto al massacro quello di Babbion, timido e spaventato quello di Laupus.

Il capitano appallottolò la lettera e la sbatté a terra con tanta violenza che, pur essendo di carta, andò in frantumi.

– Accidenti! – urlò. – Ci hanno fregati! Sono stato infinocchiato da una vecchia megera, un vecchio bacucco smontabile e un ciccione lardoso e puzzolente!

– Zia Marlene! – fece lamentoso Laupus. – Come ha potuto farci questo?

– Sigh! Addio alle playstation! – disse malinconico Willy Mau.

– E addio alle bici!... Sigh!... – aggiunse Michelina.

– Si può sapere che avete da lagnarvi? – intervenne Babbiòn. – È tutta colpa vostra se è successo questo!

– Cosa c'entriamo noi? – fece Laupus.

– È stata una vostra parente a giocarci questo tiro. Quindi in parte è anche colpa vostra. Ma io non mi lascio certo soffiare quel tesoro da tre ignobili ruderi ammuffiti!

– Cosa vuole fare? – chiese Laupus.

– E me lo domandi? Vado ad acciuffare quelle canaglie! Voi, arrangiatevi!

– E no! – intervenne Michelina, molto arrabbiata. – Allora che cosa vale la parola di un corsaro così famoso?

– È vero! – aggiunse Willy Mau. – Quando eravamo sulla nave e ti abbiamo rivelato le nostre scoperte ci hai dato la parola che avremmo diviso il tesoro a metà, a tutti i costi. Allora ci hai detto una bugia?

Monsieur Babbiòn ebbe uno scatto d'orgoglio.

– Io? Io, Monsieur Etienne Babbiòn, corsaro di tutti i mari, il dominatore dei flutti e delle tempeste, l'uomo che ha combattuto da solo contro il più feroce squalo dell'oceano, l'uomo che ha battuto a braccio di ferro i più grandi calamari del mondo e che con un semplice rutto riesce a stordire una balena… non tradisce mai le sue promesse! Quando Monsieur Babbiòn dà la sua parola, non se la rimangia neanche sotto tortura! Chiaro?

– Chiaro, chiarissimo – fece Michelina. – Quindi?

Babbiòn se ne stava immobile e impettito, fiero di aver pronuncia-

to delle parole così solenni. La ciurma taceva incuriosita, Laupus se ne stava a bocca aperta ancora mezzo stordito a causa della zia prossima alle nozze, e i due bambini a braccia incrociate in attesa di una risposta.

Cinque, dieci secondi di silenzio, poi:

– Quindi, venite con noi ad acciuffare quei gaglioffi! – disse Babbiòn.

Con un grido corale da stadio, si precipitarono tutti insieme verso il porto, decisi a trovare il Beautiful Ridge e catturare il vecchio Rimba, zia Marlene, Olezz Trippa e tutti gli altri.

cap. 12

Puff puff

Puff puff puff puff puff…

Puff puff puff puff puff… puff… puff… puff…

E ancora puff… puff… e puff!!!

Questo tanto per chiarire quanto era distante il porto dalla casa del vecchio Rimba e che bella corsa a perdifiato fecero Babbiòn e tutto il seguito.

In fretta e furia, e grazie soprattutto alle grandi e muscolose braccia di Nerone e di Matt Morgan, gli uomini di Babbiòn restaurarono la Old Moby, preparandola per le grandi occasioni: furono montati tre alberi nuovi, ma alberi veri, tre alti castagni sradicati da terra e saldamente incastrati sulla nave. Vennero issate nuove vele, utilizzando le lenzuola del letto di Spaccavongole. E sul pennone più alto, ecco la bandiera da combattimento: un drappo di stoffa nera con sopra disegnato il volto di Babbiòn e due ossa incrociate. Faceva paura solo a vederla, non tanto per le ossa incrociate, quanto per la faccia di Babbiòn che aveva l'espressione da foto ricordo della prima comunione.

La ciurma, elettrizzata e piena di voglia di menare le mani, si vestì in tenuta da grandi battaglie marine e precisamente:

1) Matt Morgan: bandana color senape, occhiali da sole con le chele di un gamberone al posto delle stanghette; benda nera sull'occhio destro; camicia bianca sdrucita aperta fino all'ombelico, con i peli del torace acconciati a treccine rasta; pantaloni in pelle di topo cotta a vapore, con l'orlo sbrindellato all'altezza del polpaccio; gamba di legno in ciliegio stagionato; pistola con canna a trombetta, infilata nella cintura; e infine, tra i denti, un coltello da cucina.

2) Capitan Brasco: cappello nero a larghe tese, con quindici fori laterali per il ricambio d'aria sulla testa; benda per occhio ricavata da uno strofinaccio da cucina di

Olezz Trippa; maglietta grigia attillata, con chiazze di sudore e di unto a macchia di leopardo; gonna pantalone color oceano, impermeabilizzata con estratto di medusa; fucile con canna tipo marmitta di camion; spada personalizzata con lama girevole per staccare sei teste in un colpo solo.

3) Derrick la Cernia: zuccotto di lana ricamato a mano da sua nonna Jessica La Cernia, che in realtà era un calzino riuscito male; sciarpa in pelle di spigola adulta; camicia blu notte senza colletto, senza maniche e senza bottoni; pantaloncini da tennis e ciabatte infradito; uncino in fibra di carbonio con la punta affilata utilizzabile anche come stuzzicadenti.

4) Happy Drink: cappello a cilindro, piercing al labbro superiore e benda per l'occhio messa al contrario (cioè sulla nuca) per fare il trasgressivo; collana di conchiglie tintinnanti appesa al collo; giacca ricamata con squame di pescespada; cintura con appese tutto intorno quindici bottiglie di rum e cannuccia collegata alla bocca per bere anche avendo le mani impegnate in un duello; calzamaglia e scarpe da tennis.

5) Jimmy Caccola: cappello da giocatore di baseball con visiera all'indietro; giaccone composto da due gusci di tartaruga marina saldati tra loro; pantaloncini hawaiani variopinti; come calzature, al piede destro uno stivale numero 43 alto fino al ginocchio e al piede sinistro una scarpa numero 48 trovata in un cassonetto;

6) Luisito Squisito: elmo da cavaliere medievale, giubbotto di lamiera color grigio metallizzato, pantaloni di cartone pressato che, all'altezza delle ginocchia, si infilavano in un paio di orribili calzini a righe; stivaletti a punta con fibbia a forma di teschio.

7) Nerone: copricapo ricavato dal guscio di una cozza molto grande; camicia ricavata da una tenda di casa; pantaloni ricavati dalle maniche di una vecchia giacca di Spaccavongole; gamba di legno ricavata da un remo tarlato.

8) l'Incredibile Muddy: poiché lui non serviva a niente si era vestito a festa, con un completo grigio fumé, cravattino e mocassini tirati a lucido.

Laupus e i nipotini, invece, erano vestiti in modo normale, non avevano pensato che si sarebbero trovati a dover affrontare una battaglia di pirati.

Questa prospettiva preoccupava Laupus, che certo non aveva il fisico per combattere. E neanche la voglia, per la verità.

Willy Mau e Michelina invece erano molto elettrizzati.

– Miki – disse Willy Mau prendendo in disparte la sorellina – secondo te possiamo affrontare questa avventura vestiti in questo modo?

– Certo che no, fratellino! Andiamo a vestirci da pirati, ma non diciamo niente allo zio. Sennò quello ci fa la solita cantilena.

Silenziosi e furtivi, si infilarono nei meandri

della nave alla ricerca di ciò di cui avevano bisogno. Tornarono su dopo mezz'ora.

Laupus se ne stava appoggiato al parapetto, guardando il mare e sognando di tornare a casa al più presto, e soprattutto sano e salvo. Fece un lungo sbadiglio, poi si voltò e vide due pirati nani che lo fissavano minacciosi.

– Ehi amico, vuoi che ti gettiamo in pasto ai pescicani?

– O preferisci che ti affettiamo come un salame?

– Siete diventati matti? – fece Laupus, che ci aveva messo un po', ma alla fine aveva riconosciuto i due nipotini. – Dove diavolo avete preso quella roba?

Willy Mau e Michelina si erano messi entrambi una benda all'occhio e indossavano pantaloni larghi che scendevano a fisarmonica, con delle tasche che sembravano borse della spesa. Avevano rimediato anche due paia di stivali appartenuti a qualche marinaio e che quindi misuravano all'incirca 43. Michelina poi aveva nascosto la mano sinistra nella manica, dalla quale spuntava un uncino.

– Fra poco si balla, ragazzo! – disse Michelina agitando il coltello delle patate.

– Per mille polipi affumicati! – aggiunse Willy Mau. – Gliela faremo vedere noi a quei gaglioffi! Datemi quel pesce palla di Olezz Trippa e lo faccio a filetti!

– Ma dico! – fece Laupus. – Che intenzioni avete?

– Giovanotto! – disse Willy Mau. – Se hai paura mettiti da una parte. Qui non c'è posto per i fifoni della tua specie. Giusto, Dinamite Miki?

– Giusto, capitan Willy lo Squalo!

– Dinamite Miki? Willy lo Squalo? Vi siete bevuti il cervello? Andate subito a rimettere i vostri abiti!

Laupus sembrava proprio arrabbiato, ma quello era un momento in cui i suoi rimproveri facevano l'effetto di una formica che abbaia. Willy e Miki erano determinati e non avevano nessuna intenzione di obbedire.

La Old Moby procedeva spedita, e ogni tanto il capitano Babbiòn, circondato da un'alone fosforescente che ne esaltava la bellezza, appariva sul ponte con tanto di cannocchiale, per scrutare se in lontananza si avvistasse il Beautiful Ridge.

Gira e rigira, alla fine qualcosa vide.

– Accidenti! – gridò improvvisamente. – Maledetto Rimba, ti ho beccato, eh!

Quando Babbiòn entrava in allarme, la ciurma si agitava come se fosse stata investita da una scarica elettrica. Tutti gli uomini si misero a correre di qua e di là, alcuni si arrampicarono sulle scale di corda brandendo i pugnali e le spade, e urlando come se fossero al mercato, qualcuno disse pure "accattateve 'sti belle merluzze, frische frische, oiné!". Ma all'orizzonte non si vedeva nulla, e tutti si voltarono verso Babbiòn cercando di capire con chi ce l'avesse.

– Ti stritolo, lurido rottame! – continuava a urlare. – Avvicinati ancora un po', maledetto groviglio di ruggine!

– Capitano! – disse uno degli energumeni avvicinandosi. – Ma noi non vediamo niente.

– Laggiù! – rispose Babbiòn porgendogli il cannocchiale e sbraitando come se avesse visto il diavolo in persona.

– È vero! – disse l'energumeno. – E sembra vicinissimo.

– Crede di farmi fesso! Ma non sa con chi ha a che fare!

– Ma…

L'energumeno puntò il cannocchiale da un'altra parte, poi a est, poi a ovest, poi verso il cielo, poi verso il mare.

– Ma… possibile che stia dappertutto?

– Che dici, razza di idiota? Dai qua!

Babbiòn gli strappò il cannocchiale e si mise di nuovo a guardare.

– E mi fissa con quegli occhietti da topo, il bastardo!

– Capitano – disse l'energumeno guardando la lente del cannocchiale.

– Che vuoi?

– È una cimice…

– Certo, è una cimice nauseabonda quel maledetto vecchiaccio!

– Cioè, voglio dire… è un insetto…

– Sì, un insettaccio vomitevole! Merita di essere schiacciato e… – si voltò verso l'energumeno. – Ma che fai? Credi che non sappia che essere immondo sia quel maledetto Rimba?

– Intendevo dire che c'è una cimice sulla lente.

Babbiòn girò il cannocchiale e vide che l'energumeno aveva ragione, una cimice color verde marrone se ne stava immobile proprio al centro della lente. Guardò e riguardò nel cannocchiale, finché alla fine si convinse.

– Maledizione! – urlò scaraventando il cannocchiale a terra e saltandoci sopra fino a polverizzarlo. Poi afferrò la cimice e, dopo averla insultata per averlo preso in giro, la lanciò tra gli uomini della ciurma ordinando di legarla all'albero maestro, darle centocinquanta frustate e gettarla in pasto agli squali.

– Però gli somigliava, – fece l'energumeno – aveva la sua stessa espressione. Era facile confondersi.

Babbiòn infuriato se ne tornò nella sua cabina, sbattendo la porta. Doveva essere molto arrabbiato perché dalle fessure della porta e della finestra usciva un fumo nero e denso, segno che gli stava ribollendo il fegato.

Il veliero dei due vecchi sposini non si vedeva, e la Old Moby procedeva alla cieca sul mare senza che nessuno sapesse dove dirigerla.

Come se non bastasse, ci si mise pure la sfortuna a complicare le cose. D'un tratto il cielo si oscurò e fu invaso da enormi nuvoloni neri squarciati da lampi paurosi.

Tutti guardarono verso la cabina di Monsieur Babbiòn, pensando che stesse per uscire. Ma non era così, quelle nuvole e quei lampi annunciavano l'arrivo dell'uragano Cicciobello, che secondo le previsioni fatte il giorno prima da Max Maestrale sarebbe stato il più devastante degli ultimi milleseicento anni.

Questa previsione si era basata su tre segnali inequivocabili: 1) negli ultimi giorni gli si era gonfiato l'alluce del piede destro, diventando grosso e colorato come la testa di un polipo, 2) gli era spuntato un terzo orecchio sulla nuca, 3) gli erano caduti quattro denti, fatto straordinario perché di denti ne aveva solo tre.

Cicciobello si presentò con un'onda alta settecentoventinove metri, una massa talmente grande che risucchiò tutta l'acqua intorno, e per pochi secondi fu possibile vedere il fondo dell'oceano.

A poche centinaia di metri comparve un'altra onda alta più o meno lo stesso, la Old Moby fu sollevata dalla prima e scagliata verso la seconda che la rilanciò alla prima, e così via. Cioè insomma, ci giocavano a ping pong. Poi arrivò un tornado che girava vorticosamente, e dentro c'era un po' di tutto: balene attorcigliate, barche, gabbiani con forti giramenti di testa, canne da pesca a forma di spirale, c'era anche il pescatore dimenticato a Fat Wind, il quale aveva trovato in quel vortice un modo per tornare a casa velocemente. Se ne stava tranquillamente seduto nella sua barchetta con una pipa in bocca a godersi il panorama circolare.

La Old Moby fu risucchiata e cominciò a girare salendo salendo fino alla sommità del tornado poi fu scagliata a dieci miglia di distanza, e durante il volo passò sopra un galeone (dal quale qualcuno gridò "ehi, ho visto una nave che volava", e per questo fu punito con venti frustate e rinchiuso nella cambusa a sbucciare patate bollenti).

Terminò il volo ricadendo in mare violentemente, tanto che per il contraccolpo tutta la ciurma fu scaraventata sulle punte degli alberi, mentre dalla cabina di Babbiòn giunse il rumore secco di una testata data contro il soffitto, e subito dopo il rumore un po' meno secco di una serie di imprecazioni e parolacce tipiche da corsaro.

Poi arrivò la pioggia, torrenziale e violenta, con gocce grandi come pere spadone, poi il vento che non sapeva da che parte soffiare e sbatacchiava la nave ora a destra ora a sinistra, facendola dondolare e impennare.

Solo dopo tre ore il tempo si mise a bello, le nuvole si allontanarono, il cielo si aprì e il sole fece capolino più bello e splendente che mai.

– Era ora! – esclamò Laupus incastrato in un groviglio di scale di corda a sette metri di altezza.

Ci volle un po' di tempo perché l'equipaggio si riprendesse.

Qualcuno pendeva fuori dalla nave appeso a una gomena, qualcun altro se ne stava aggrappato all'albero, molti si muovevano barcollando alla ricerca di uncini e gambe di legno che la furia del vento e del mare aveva strappato via.

– Ehi, che diavolo vi succede? – esclamò Happy Drink, l'unico che non si era accorto di nulla. Lui era abituato a barcollare sempre, quindi si era trovato a suo agio in quel putiferio.

Willy Mau e Michelina erano finiti sul tetto della cabina di Monsieur Babbiòn. Erano un po' malconci, ma si rimisero in piedi rapidamente. Il tempo di riprendere fiato e notare all'orizzonte una sagoma scura con tanto di vele.

– Guarda, Miki! – disse Willy Mau.
– È un veliero! – fece lei.
– Nave in vistaaaaaaaaaa! – gridò Willy Mau.

Tutti si portarono a prua, Monsieur Babbiòn si precipitò fuori strappando la porta e gettandola in mare.

Era proprio il Beautiful Ridge, lo riconobbero dalla bandiera nera su cui era disegnato il volto di zia Marlene con due ossa incrociate (però, a differenza della bandiera di Babbiòn, queste erano ossa di pollo).

Gli uomini della ciurma si voltarono verso il capitano. Lui si gonfiò il petto, sgranò gli occhi, sguainò la spada, deglutì, disse due parolacce, prese fiato e diede l'ordine che tutti attendevano.

– ALL'ARREMBAGGIO!

cap. 13

Patatrac!!!

Fu la più cruenta battaglia nella storia dei pirati di tutti i tempi, talmente rumorosa e spettacolare che migliaia di delfini e squali e orche e balene si radunarono, disponendosi intorno e facendo un tifo da stadio.

Ma cominciamo dall'inizio: appena Monsieur Babbiòn ebbe gridato "all'arrembaggio", la Old Moby si mosse veloce verso il veliero nemico. Dal quale, sulle prime, nessuno si accorse di niente. Lì si ballava, si cantava e si mangiava. Oltre al vecchio Rimba e a zia Marlene, i novelli sposini che in due facevano più di centottanta anni, c'era Tritacozze, il fratello cattivo di Spaccavongole, Olezz Trippa in tanga, e un equipaggio formato dai peggiori ceffi reclutati al porto con la promessa di un lauto compenso.

Erano tutti talmente presi dai festeggiamenti che non si accorsero che stavano per essere attaccati nemmeno quando la Old Moby giunse a pochi metri, con Monsieur Babbiòn in piedi sul pennone di prua e dietro di lui gli uomini dell'equipaggio in assetto di guerra, tutti talmente eccitati che invece di urlare cominciarono ad abbaiare.

– C'è un canile qui vicino, tesoro? – chiese zia Marlene al vecchio Rimba, mentre piroettavano in un frenetico rock che faceva tintinnare la dentiera di lei e i due incisivi in bambù di lui.

– Mai visto un canile in mezzo al mare, pupa – rispose lui afferrandola per il colletto con l'uncino, facendola roteare tre volte e passandosela sotto lo gambe.

– Wow! – fece lei elettrizzata. – Che numero acrobatico!

Fu Tritacozze ad accorgersi che qualcosa stava per accadere quando

gli arrivò in testa un tonno di quaranta chili, lanciato da Nerone. Lui però non si fece niente, raccolse il tonno e se lo mangiò in un boccone.

– Buono! – disse. – Proprio come piace a me! Tenero e saporito. Non c'è niente di meglio per darsi la carica e affrontare una battaglia, credetemi!

– Uè! – fece un delfino tra le file del pubblico. – Neanche è cominciata, che già interrompono con la pubblicità!

La Old Moby arrivò come un treno contro la fiancata destra del Beautiful Ridge.

Patatrac!!!

– RIMBA! – urlò Babbiòn brandendo la sua sciabola personalizzata, una turbospada espandibile, con flexilama in acciaio temperato verniciato a forno in colore grigio topo metallizzato.

– Accidenti! – fece il vecchio interrompendo il ballo. – Quel maledetto ci ha scoperti! Tutti in coperta! Respingete questa banda di puzzoni!

Le due navi erano incastrate, nell'urto la Old Moby aveva sfondato la fiancata ed era entrata quasi fino a metà nello scafo del Beautiful Ridge.

Abbaiando come un branco di dobermann, gli uomini di Babbiòn saltarono a frotte sull'imbarcazione nemica.

I due equipaggi iniziarono a darsele di santa ragione. Il vecchio Rimba sguainò la sua spada, una specie di coltello da macellaio arrugginito e storto. Anche zia Marlene si preparò alla battaglia: tirò fuori il rossetto e si dipinse le labbra di rosso fuoco, poi passò il nero sugli occhi, si incipriò il viso e si lucidò la dentiera con grasso di balena.

Quindi prese una spada che era più alta di lei (zia Marlene misurava un metro e quarantadue) e si lanciò nella mischia con un urlo da Tarzan.

Laupus non era riuscito a trattenere i nipotini, che si erano lanciati all'attacco insieme alla ciurma. Lui se ne stava in disparte, con le mani nei capelli, sperando di essere solo in un brutto sogno. Non avrebbe mai immaginato che un giorno si sarebbe trovato a dover combattere contro la sua vecchia adorata zia Marlene. E questa, mentre duellava saltellando come un grillo contro Luisito Squisito e Derrick La Cernia, non sospettava neanche lontanamente che lì c'erano Laupus e i nipotini. Lei continuava a far tintinnare la sua spada contro quelle dei suoi avversari, minacciando di farli a fettine.

Willy Mau e Michelina si trovarono proprio davanti a Tritacozze, che era alto e largo due volte rispetto a suo fratello Spaccavongole.

– Fatti sotto, brutto ippopotamo! – urlò Michelina, che a mala pena gli arrivava all'altezza delle ginocchia.

– Avanti, pappamolla, battiti! – aggiunse Willy Mau.

Tritacozze neanche si accorse della sfida lanciatagli dai due, poiché era impegnato in un vigoroso combattimento con Jimmy Caccola e Capitan Brasco. Li aveva afferrati entrambi per il collo e si divertiva a sentire il suono di campana a morto delle loro teste sbattute l'una contro l'altra.

Per farsi vedere meglio, Michelina saltò su una scialuppa e puntò la spada verso Tritacozze.

– Allora sei sordo! – urlò arrabbiatissima. – Lascia stare quei due, se non vuoi che ti buchi la pancia come un colabrodo!

Tritacozze si fermò e lasciò cadere i due malcapitati.

– Ehi, nanerottola! – disse. – Ce l'hai con me?

– In guardia, fellone! – esclamò Michelina.

Tritacozze non era un tipo molto spiritoso, anzi era piuttosto suscettibile, bastava poco per farlo

arrabbiare e non si inteneriva neanche di fronte ai bambini. Stese il braccio e aprì la mano, quanto bastava per far drizzare i capelli a Michelina quando si accorse che quella mano era abbastanza grande per contenerla tutta.

L'uomo stava per afferrarla quando sentì una violenta puntura al sedere e fece un sobbalzo. Si voltò ma non vide nessuno perché Willy Mau, che gli aveva infilato la punta del coltello nella chiappa destra, fece in tempo a passargli sotto le gambe e a dargli un'altra stoccata sulla chiappa sinistra, per poi sparire dietro la scialuppa.

Nel frattempo Michelina era saltata giù e aveva aggirato Tritacozze, colpendolo anche lei sulla chiappa destra. Poi di nuovo una puntura sulla sinistra da parte di Willy Mau che sgusciava da dietro la scialuppa, colpiva e si nascondeva. L'omone passò dieci minuti a girarsi e rigirarsi ricevendo colpi di spada sul sedere, senza mai riuscire a vedere né Willy Mau né Michelina. Alla fine, stremato, scappò via urlando e piangendo.

– No, l'iniezione no! Mamma, aiuto! L'iniezione no!

Ci fu un grande applauso da parte degli spettatori (delfini, squali, balene etc.), Willy Mau e Michelina fecero il giro della nave esultando come fanno i calciatori dopo aver fatto un gol.

Zia Marlene continuava a battersi con Jimmy Caccola e Capitan Brasco, e siccome il duello era stato così violento che le spade di tutti e tre si erano fuse, ora proseguivano a pesci in faccia. Lei brandiva un'orata di due chili, Jimmy Caccola un merluzzo rinforzato con chele di aragosta e Capitan Brasco un dentice calibro 45.

L'esito della battaglia era incerto. Da una parte Nerone teneva a bada da solo tre avversari, mentre Happy Drink, che si era dato la carica con otto bottiglie di rum, combatteva valorosamente contro l'albero di prua e ogni tanto si fermava e si grattava la testa perplesso: proprio non riusciva a capire come mai rimanesse sempre in piedi nonostante lo avesse già infilzato almeno cinquanta volte.

Matt Morgan giocava a pallone e aveva già fatto sei gol, nel senso che ogni marinaio che gli capitava a tiro lo sollevava di peso, lo lanciava aria, poi lo colpiva di testa e lo mandava a infilarsi in una rete da pesca che era stesa poco distante da lui.

Monsieur Babbiòn era alle prese con il vecchio Rimba. Oltre a darsele di santa ragione si scambiavano reciproci complimenti. Quelli del capitano si possono così riassumere: "vecchio verme putrefatto, lurida larva umana, sei una carcassa maleodorante, ti stacco la testa a mozzichi e la do in pasto ai pesci, ammesso che i pesci abbiano lo stomaco per mangiare quella specie di zucca stoppacciosa e rancida come la tua testa".

Quelli del vecchio Rimba erano: "Razza di idiota sottosviluppato con la faccia da ebete che al confronto una triglia sembrerebbe uno scienziato, sei più fetido di una latrina, puzzi come un topo intriso in una zuppa di pesce putrido, e tra l'altro ti puzza anche l'alito".

– Dimmi dov'è il tesoro! – urlò Babbiòn calando energicamente la spada.

– Neanche morto! – rispose il vecchio Rimba, che schivò il colpo con un salto acrobatico, perdendo nel volo un lembo d'orecchio e una porzione di mandibola di legno, più quaranta capelli di fil di ferro. Poi, con un colpo preciso, cercò di tagliare la testa a Babbiòn, il quale si abbassò rapidamente e la sciabolata gli portò via la parte superiore del cappello. Rimba fece un doppio salto mortale, atterrò emettendo un rumore di ferraglia e andò in mille pezzi, ma intervenne zia Marlene che li raccolse e li rimise insieme con l'attack. Poi sollevò di peso il vecchio Rimba.

– Stai pronto, tesoro – disse. – Vediamo se questo stupido corsaro da strapazzo riesce a rintuzzarti.

Lo scagliò con forza contro Monsieur Babbiòn , ma questi si scansò e il vecchio Rimba andò a sbattere contro una balaustra perdendo altri pezzi.

– Ma... Marlenuccia, – disse – così mi faccio male!

– E questo è niente! – disse Babbiòn puntandogli la spada. – Adesso ti faccio un foro in quella specie di pancia incartapecorita.

Tentò l'affondo, ma il vecchio riuscì a evitarlo

afferrando un sacco di patate e mettendoselo davanti. Babbiòn sollevò la spada e il sacco, quindi con abilità da grande spadaccino affettò le patate rapidamente al volo. In pochi secondi aveva così preparato un'intera teglia di patatine pronte per la frittura.

– Farai la stessa fine! – esclamò rivolto al suo nemico. – Fettine di rimbambito!

Ripresero a duellare freneticamente a una velocità tale che il tintinnìo delle spade sembrava il suono di un campanello, tanto che si levò la voce di un marinaio: "qualcuno vada a rispondere al citofono". Ma quello che fece entusiasmare di più la platea erano le acrobazie dei due, che saltavano da una scialuppa a una balaustra, da un albero a una scala di corda tenendosi aggrappati con una mano, o con l'uncino nel caso di Rimba, e manovrando la spada con l'altra.

Sembrava che la battaglia non dovesse finire più, si sentivano solo colpi di spada e le urla sguaiate dei marinai.

Ma qualcuno ne aveva le tasche piene.

– Baaaasta!!! – gridò una voce arrabbiata.

Tutti si fermarono e si voltarono verso la prua della Old Moby, dalla quale Laupus aveva lanciato l'accorato grido.

– Finitela! – continuò. – Non possiamo fare pace e dividerci il tesoro tutti quanti serenamente?

– Laupus!? – esclamò zia Marlene sorpresa. – Che diavolo ci fai qui?

– Quello che ci fai tu, zietta. Sono alla ricerca del tesoro di Vostradamus.

– E tu che ne sai del tesoro? Era un segreto fra me e lo zio Bobi.

– Va bene, è una storia lunga…

– E ci siamo anche noi! – esclamò Michelina avvicinandosi insieme a Willy Mau.

– Perdindirindina! – fece la vecchia. – Ma… Laupus, sei matto a portare i bambini fin qui?

– Non è carino quello che hai fatto, zia – disse Willy Mau. – Volevi impossessarti del tesoro a nostra insaputa.

– No, bambini, non è così. Una volta tornata a casa, l'avrei diviso con voi. Quello che mi interessava era che non finisse nelle mani di questo corsaro stupido e con la faccia da totano.

A quelle parole Babbiòn cacciò un grido rabbioso.

– Ah sì? E allora adesso vi faccio vedere io!

Con la punta della spada afferrò una rete da pesca, la roteò in aria e la lanciò verso il vecchio Rimba e zia Marlene. Poi fece quattro nodi e i due rimasero intrappolati come salami.

– Ecco qua! – fece Babbiòn. – Ora non potete più scappare.

Fine della battaglia? Neanche per sogno, perché c'era Olezz Trippa che ancora stava facendo a botte con i due energumeni, una lotta giapponese un po' strana sottolineata dalle seguenti urla:

– Haè! – (Olezz in posizione come se fosse seduto al bagno e con il braccio destro steso e il sinistro piegato ad angolo retto)

– Haùn! – (primo energumeno facendo il passo della tartaruga zoppa)

– Aaaah oplà! – (Olezz roteando le braccia e stendendo il piede nudo fin sotto il naso del secondo energumeno che perse i sensi per la puzza)

– Ahudong! – (primo energumeno, colpendo Olezz con la tecnica del *the cieck nokkio,* ovvero infilandogli il dito indice nell'occhio destro)

– Uhi uhi uhi! – (Olezz facendo una smorfia con la tecnica del *ke mhale kan*)

– Ullallà! – (secondo energumeno, dopo aver ripreso i sensi e colpendo Olezz con una zaffata di alito alle aringhe cipollate, tecnica del *testend kol fiaton*)

– Ahuoidà! – (Olezz, facendo una capriola e assestando un pugno sull'alluce del primo energumeno, con la tecnica del *tazzopp lupied*).

Alla fine di questa zuffa concitata, i tre si ritrovarono incastrati l'uno nell'altro, in un groviglio di braccia e gambe che non si capiva più a chi appartenessero.

– Chi ha vinto? – chiese Olezz (o meglio, la voce di Olezz che proveniva da sotto il ginocchio del primo energumeno che a sua volta era incastrato tra l'ascella del primo energumeno e il gomito di Olezz).

– Parità! – sentenziò Monsieur Babbiòn. – Però, siccome io ho catturato i vostri capi, che sono il vecchio Rimba e questa vecchia mummia, il vincitore sono io. Punto e basta! Ora – fece solennemente rivolgendosi al vecchio Rimba – non ti resta che consegnarci il tesoro.

Già, ora infatti veniva il bello.

cap. 14

Dling dling dling

Il vecchio Rimba e la zia Marlene, insieme a tutto il loro equipaggio, furono legati e ammassati vicino a una balaustra.

Babbiòn camminava avanti e indietro con le mani dietro la schiena, Laupus e i nipotini se ne stavano in un angolo a guardare, cercando di capire che intenzioni avesse il capitano. E, sebbene non fossero molto contenti di quello che aveva fatto la zia Marlene, si auguravano che Babbiòn non le facesse del male.

– Sto pensando – disse il corsaro, fermandosi e voltandosi verso i prigionieri. – Sto pensando a quale tipo di tortura sottoporvi.

– Non mi fai paura, faccia da allocco! – esclamò il vecchio Rimba. – Tanto non ti dirò mai dove ho nascosto il forziere!

– E va bene, l'hai voluto tu!

Babbiòn si voltò e fece un cenno a Matt Morgan. La tortura numero uno consisteva nel dare vigorose testate allo stomaco del vecchio. Quattro uomini afferrarono Matt Morgan con la solita procedura, presero una bella rincorsa e colpirono la pancia del vecchio Rimba. Una botta micidiale, da paura, tanto che ne uscì un grido che pressappoco faceva così:

– Uohiauhiahuihahaihiahiahiaaaaaaaaaaaaa!!! – ma questo è solo un breve riassunto perché riportarlo per intero avrebbe richiesto un altro libro.

Il problema è che quell'urlo non lo cacciò il vecchio Rimba, che anzi rimase imperturbabile ridacchiando. Fu Matt Morgan a urlare di dolore, rotolando a terra privo di sensi, con la capoccia ammaccata.

– Accidenti! – esclamò perplesso Monsieur Babbiòn. – È la prima volta che succede. Si può sapere che diavolo hai al posto della pancia, putrido vecchio?

Rimba se la rideva soddisfatto.

– Non sai che ho degli addominali d'acciaio, Babbiòn? Duri come tubature. Mi fate un baffo!

Laupus e i nipotini assistevano anche loro esterrefatti alla scena.

– Però, quel Rimba – fece Willy Mau – è proprio un osso duro.

Ma Babbiòn non si dava per vinto, ed escogitò un'altra tortura.

– Prendete il trippone! – ordinò ai suoi uomini. – Voglio proprio vedere se resisterà a questo.

Olezz Trippa fu portato di peso davanti al capitano, che ordinò di immergergli i piedi in una bacinella contenente aringhe rancide e cozze putrefatte. La miscela doveva essere micidiale, perché appena i piedi entrarono a contatto con quella poltiglia, cominciarono a friggere e si sprigionò una nuvolaglia grigia e maleodorante. Tappandosi il naso, alcuni uomini di Babbiòn sollevarono Olezz e lo portarono davanti al vecchio Rimba, in modo che i piedi del ciccione si trovassero proprio sotto le sue narici.

Una tortura disumana, talmente disumana che perfino i rudi pirati si voltarono per non vedere. Il vecchio Rimba annusò da destra a sinistra, poi da sinistra verso destra.

– Uhm, sembrano sciapi – disse. – Per favore, potete aggiungere un po' di sale?

– Fai lo spiritoso eh! – disse Monsieùr Babbiòn. – Voglio proprio vedere quanto resisterai. Cielo, anche da qui la puzza è insopportabile!

– Sai, Babbiòn – fece il vecchio Rimba. – Trovo che in fondo non sei cattivo. E pazienza se non ci vuoi mettere il sale, a me i piedi di Olezz piacciono in ogni caso.

Spalancò le fauci e addentò un alluce cercando di strapparlo, e Olezz cacciò un urlo che fece sobbalzare tutta la fauna marina che girava nei paraggi.

– Capitano, che facciamo? – chiese uno degli uomini che sorreggeva Olezz Trippa. – Quello è capace davvero di mangiargli il piede!

– E va bene! Toglietelo di lì, maledizione!

Babbiòn era furioso, non sapeva come convincere il vecchio Rimba a parlare. Qualunque tipo di tortura sembrava inutile. Provarono a strappargli le unghie, ma le pinze si deformarono; provarono a prenderlo a ceffoni, ma ogni mano che si stampava sul suo viso rimaneva contusa e dolorante; provarono a bastonarlo, ma tutti i bastoni si sbriciolavano a contatto con la sua testa.

Poi, d'un tratto, il miracolo. Rimba esplose in una risata isterica e agitata.

– Ih ih ih! No... No! Uh uh uh!... Basta... basta!

– Che diavolo succede? – fece Babbion.

Si voltò e vide Michelina che agitava una piuma sotto il piede del vecchio Rimba.

– Si chiama tortura del solletico – disse la bambina. – Funziona sempre.

– Basta!... Baaaasta! – continuava a urlare il vecchio Rimba – Va bene, parlerò! Vi dirò dov'è il tesoro...

– No, Rimba! – urlò zia Marlene. – Non glielo dire! Cerca di resistere!

– Non ce la faccio, Marlenuccia, non ce la faccio. Ih ih ih ! Basta!... Lo sai che il solletico non riesco proprio a sopportarlo... Uh uh uh! Basta!

– E brava la mocciosa! – fece Babbion. – Guarda guarda com'era semplice. Bene, vecchio citrullo, allora dov'è il forziere?

– È giù nella stiva, dietro una pila di casse.

– Andate a prenderlo! – ordinò Babbiòn ai suoi uomini.

Mentre si attendeva il ritorno dei marinai con il forziere, Laupus si avvicinò alla zia.

– Zia Marlene – disse. – Non credi di essere stata un po' egoista?

Lei non rispose, scoppiò a piangere e insieme a lei si mise a piangere anche il vecchio Rimba. Vedevano sfumare tutti i loro sogni di ricchezza e d'amore.

– Ma voi cosa ne sapevate del tesoro? – chiese singhiozzando zia Marlene a Laupus.

– È stata Sofia. Lei ha sentito lo zio Bobi mentre ti rivelava dov'era nascosto... Però, toglimi una curiosità. Perché lo zio Bobi aveva detto che il tesoro si trovava a Fat Wind?

– Si vede che Sofia non ha ascoltato fino alla fine. E già, quella donna è sempre stata molto distratta. È vero, la prima volta il tesoro era stato sotterrato a Fat Wind. Ma zio Bobi ha anche detto che dopo qualche tempo Vostradamus riuscì a recuperarlo e a portarlo in salvo a Puerto Maldido. E lo nascose nei sotterranei della sua casa, quella che oggi è la locanda di Olezz Trippa.

– Doveva essere un po' dispettoso quel Vostradamus. Nella fossa di Fat Wind aveva lasciato un messaggio che non ci si capiva niente. Fortuna che Michelina e Willy Mau hanno saputo chiarire il mistero. Meriterebbero un premio, e invece guarda cosa gli va a combinare la zia!

– Ma zia Marlene avrebbe diviso il tesoro con noi, vero? – disse Michelina rivolgendosi alla vecchia.

– Certo che sì. Ve l'ho già detto. Però mi dispiace che vi siate alleati con quella faccia da mammalucco di Babbiòn.

– Cos'altro potevamo fare? – disse Laupus.

– Starvene a casa tranquilli. Dopo un po' vi sarebbero arrivati molti bei soldini.

– E tu credi a questa vecchia befana? – fece Monsieur Babbiòn.

– È mia zia, come posso non crederle? – rispose Laupus, poi si rivolse nuovamente alla donna. – Ma tu conoscevi il vecchio Rimba?

– Lui era un amico di zio Bobi. Ogni tanto veniva a trovarci. E poi, tra una visita e l'altra, successe anche che si innamorò di me…

– Che stomaco! – intervene Monsieur Babbiòn.

– Fatti gli affaracci tuoi! – fece con voce stridula zia Marlene. – La tua è tutta invidia! Sei invidioso di Rimba perché ha conquistato una donna della mia classe. Ti piacerebbe, eh?

– Piuttosto preferirei intrecciare una storia d'amore con un tricheco deforme.

In quel momento arrivarono Luisito Squisito e Max Maestrale, portando il forziere e depositandolo ai piedi di Monsieur Babbiòn.

Il capitano si fregò le mani soddisfatto.

– Et voilà! – disse sorridente. – Finalmente sono ricco!

Rimba e zia Marlene seguivano con orrore la scena, non riuscivano a sopportare l'idea di aver perso quelle immense ricchezze.

– Capitano! – disse Luisito Squisito. – È ancora sigillato.

– Non l'avete aperto? – chiese Babbion al vecchio Rimba.

– No! E spero che ti ci fracassi le mani per aprirlo!

– Perché non l'avete aperto?

– Volevamo farlo al momento di tagliare la torta nuziale – disse zia Marlene singhiozzando.

– La torta nuziale! Che romantici! – fece Babbiòn scoppiando a ridere. – Per voi ci vorrebbe la torta funebre piuttosto.

Estrasse la spada e menò un fendente al lucchetto del forziere, che volò via e finì in mare.

– Alzate il coperchio! – ordinò.

Momento solenne, tutti rimasero in silenzio. Perfino il mare, che temeva l'ira di Babbiòn più di quanto temesse la violenza di un uragano, si calmò e non si vedeva neanche un'increspatura fino all'orizzonte.

Decine di occhi sgranati erano puntati su quel forziere, e ognuno dei marinai stava già pensando a cosa avrebbe fatto con la sua parte di bottino. Nerone voleva vendere la sua barca e comprarsi un pedalò a due piani con la piscina per il suo gatto. Luisito Squisito si sarebbe comprato la locanda di Olezz Trippa per trasformarla in un istituto di bellezza per pirati. Matt Morgan aveva deciso di comprarsi un casco infrangibile, perché va bene che aveva la testa dura, però... . Happy Drink inutile dire cosa sognava (comunque lo diciamo lo stesso: aveva già contattato un architetto e due ingegneri per farsi costruire una casa a forma di bottiglia, alta come un grattacielo e con una grande piscina piena di rum). Capitan Brasco si sarebbe fatto costruire un monumento che lo raffigurava con la spada sguainata in sella a una balena durante un maremoto. Derrick La Cernia voleva cambiare l'orribile zuccotto di lana fatto dalla nonna e comprarsene uno in oro massiccio. Max Maestrale e l'Incredibile Muddy volevano mettersi in società, comprare il porto di Puerto Maldido e trasformarlo in una discoteca sul mare per calamari e gamberi.

Lentamente, con gli occhi che brillavano per

l'emozione, Luisito Squisito sollevò il coperchio e... E tutti i sogni svanirono in un flop, si dileguarono, scoppiarono come bolle di sapone.

Nel forziere, sopra un mucchio di paglia, non c'era altro che una piccola, insulsa, sbiadita e insignificante monetina.

– Cos'è questo scherzo? – chiese Babbion cambiando subito espressione (cioè dal gioioso pimpante al tenebroso cupo). Prese la moneta e la guardò con aria disgustata. Sopra c'era stampigliata la scritta: "Ecce Unicum Rotundum Obulum" (che in latino molto approssimativo vuol dire: Ecco l'Unico Rotondo Obolo).

– E questo sarebbe il favoloso tesoro di Vostradamus? – fece il capitano alzando il tono della voce. – Per questa insignificante monetina Gomez Barba avrebbe fatto miglia e miglia di mare, sfidato le intemperie, combattuto con pirati di tutti i tipi?

Il vecchio Rimba e la zia Marlene rimasero a bocca aperta, ma anche Laupus, Willy Mau e Michelina erano sorpresi. Monsieur Babbiòn scagliò la moneta a terra con rabbia.

Dling dling dling! La monetina rimbalzò tre volte e finì chissà dove.

Babbiòn si avvicinò al vecchio Rimba e lo afferrò per la collottola.

– Vuoi fregarmi, eh! Dove hai nascosto il tesoro, vecchio rottame?

Rimba era deluso, ma poteva anche gustare il sapore di una piccola rivincita.

– Povero idiota! – disse ridacchiando. – Il tesoro è tutto lì! Sai che ti dico, Babbiòn? Pazienza che io e la mia pupa non possiamo goderci le ricchezze. Ma sono proprio felice che anche tu sia rimasto con un pugno di mosche in mano.

E scoppiò a ridere come un forsennato, e con lui scoppiò a ridere anche zia Marlene.

– Cosa ci trovate di tanto divertente? – chiese Michelina indispettita. – Abbiamo girato in lungo e in largo, rischiando anche la vita... vero, zio?

– Vero, verissimo! Soprattutto io... e le mie camicie – rispose Laupus toccandosi il colletto, quasi contento perché sapeva che almeno adesso quello era salvo, dato che l'avventura era finita.

Illusione di pochi secondi, perché ci pensò Babbiòn ad afferrarlo e sollevarlo in aria.

– È tutta colpa tua, mezza tacca che non sei altro!

– Adesso basta! – urlò Michelina. – Lo avete maltrattato anche troppo. Rimettilo giù!

– Giusto! – aggiunse Willy Mau. – La colpa non è sua né di nessun altro! Quindi lascialo in pace!

Babbiòn rimase immobile qualche secondo, poi lasciò la presa. E Laupus, tanto per cambiare, rotolò a terra.

Il capitano non sapeva con chi prendersela, e allora, silenzioso, si arrampicò sulla Old Moby e si diresse nella sua cabina. Tutti poterono sentire il suo pianto straziante, cupo e lamentoso come l'ululato del vento di tramontana.

E se piangeva Babbion, significava che l'avventura era davvero finita nel peggiore dei modi per tutti quanti…

… Tranne per Happy Drink, che aveva chiesto un break all'albero maestro col quale stava duellando, ed era sceso nella stiva per ricaricarsi con una fiasca di rum.

– Adesso torno su e lo accoppo definitivamente! – disse. E crollò a terra addormentandosi di colpo.

cap. 15

Clap clap clap!

Nessuno si era arricchito, tutti erano tornati a casa tristi (alcuni) e arrabbiati (gli altri, primo fra tutti Monsieur Babbiòn).

Il capitano era talmente arrabbiato che aveva preso Olezz Trippa e lo aveva costretto a riaprire la Taverna del Diavolo e a rifocillare lui e la sua ciurma gratis, per un anno intero. Poi aveva preso il vecchio Rimba e la zia Marlene e li aveva sbattuti a fare i lavori di fatica nella locanda, lui a servire ai tavoli, lei a lavare i piatti e fare le pulizie (si fa per dire).

Il capitano non aveva neanche voluto ascoltare Laupus e i nipotini, che gli avevano chiesto di lasciar andare con loro la zia Marlene. E così i tre se ne erano tornati a casa da soli, riuscendo a strappare solo una piccola promessa a Monsieur Babbiòn: una volta al mese avrebbe permesso a zia Marlene di andare a trovarli, scortata però dai due energumeni.

Ed ecco come si svolgevano le giornate nei due diversi emisferi.

1) Taverna del Diavolo:

– Avanti, sudicio vegliardo, portaci da bere se non vuoi che ti stacchi l'unico orecchio che ti è rimasto e ne faccia un posacenere!

– Bada come parli, Babbiòn! Non ci metto niente a farti saltare i denti con un colpo d'uncino!

– Chi è che ha fatto la pipì a terra? – urlava da un angolo zia Marlene. – Credete che stia qui per pulire le vostre porcherie?

Sbeng!

Buck La Roccia aveva salutato così il ritorno dei suoi amici, con un pugno in pieno naso a Happy Drink, che era finito nel pentolone in cui Olezz stava preparando lo stufato di polipo.

– Ehi! – aveva commentato il ciccione tirandolo fuori con un forchettone. – Cosa pensi, che sia una lavatrice?... Però, a pensarci bene... sniff sniff... ma sì! Così verrà fuori il polipo al rum. Un'ottima ricetta! – e lo aveva rituffato nella pentola.

– Ti ho mai raccontato – fece Happy Drink – di quella volta che... glug!

– Stai giù! – fece Olezz spingendogli la testa sott'acqua. – Altrimenti non si insaporisce bene.

Matt Morgan non aveva ancora smaltito la delusione per non essere diventato ricco e passava le giornate a dare testate contro una trave.

Verso sera, quando tutti erano ubriachi a puntino, si passava alla rissa. Bastava un nulla per provocarla.

L'ultima era nata quando Luisito Squisito era passato vicino a Nerone e gli aveva chiesto: "Sai mica che ore sono?". Una vera e propria provocazione che fece scattare tutti in piedi, e la locanda di Olezz tornò a riempirsi di denti in caduta libera. A mezzanotte il pavimento sembrava coperto dalla grandine.

La vita a Puerto Maldido continuava così, come sempre, senza né alti né bassi, con molto rum e molti cazzotti.

2) Casa Laupus:

– Che noia!

– Che barba!

– Che pizza!

– Uff!

– Mannaggia!

– Insomma, la volete piantare! Si può sapere cosa avete da lamentarvi?

– Ci annoiamo, ecco tutto! – disse Michelina.

– Almeno, finché stavamo laggiù ci divertivamo con tutti quei pirati – aggiunse Willy Mau.

– E poi, cosa facciamo senza né bici né playstation?

– Andate di là a giocare a pirati. Vorrei leggere il giornale senza stare a sentire i vostri lamenti.

Silenziosi, i due si allontanarono.

Laupus, che adesso si sentiva più tranquillo senza essere circondato e minacciato da quei brutti ceffi incontrati a Puerto Maldido, si immerse nella lettura del giornale, e di tanto in tanto si toccava orgoglioso il colletto della camicia nuova, bello inamidato e pulito. Sfogliò piano piano tutte le pagine, la cronaca, lo sport, la politica, finché arrivò a pagina 12 e fece un balzo sulla poltrona che quasi arrivò a sbattere la testa sul soffitto.

"UNA MONETA CHE VALE 100 MILIONI DI EURO" diceva il titolo, e a fianco il disegno di una moneta con la scritta *Ecce Unicum Rotundum Obulum*. Laupus, dopo essere nuovamente atterrato sulla poltrona, riprese al volo il giornale e lesse tutto l'articolo:

"Phil Goodman, il celebre numismatico che colleziona le più preziose monete antiche, ha dichiarato alla stampa che pagherà cento milioni di euro a chi gli porterà il tesoro di Vostradamus, che consiste in una sola monetina vecchia e sbiadita. Ma come mai una sola moneta può valere tanto? Phil Goodman ha spiegato che si tratta di un esemplare unico, che fu fatto coniare duecento e passa anni fa dall'imperatore Cuniberto VIII per donarla a Vostradamus. Il celebre indovino alchimista

idraulico e barbiere, era anche un bravissimo medico, ed era riuscito – con una pozione magica che lui chiamava haspirina effervescentis *– a far guarire dal raffreddore la figlia di Cuniberto. La moneta, su cui compare la scritta 'Ecce Unicum Rotundum Obulum', viene chiamata Euro dalle iniziali della scritta stessa. Su di essa si raccontano molte leggende, ma la più nota è quella secondo la quale il famoso pirata Gomez Barba credeva che Vostradamus avesse un tesoro inestimabile, e gli rubò il forziere che, secondo quanto si raccontava, doveva contenere diecimila euro d'oro. Quando però si accorse che dentro c'era solo una moneta, la nascose in un'isola sconosciuta, senza mai rivelare a nessuno la verità, perché altrimenti tutti avrebbero riso di lui. Il forziere poi sarebbe stato ritrovato da Vostradamus che recuperò così la sua preziosa monetina e la nascose in un luogo segreto, del quale nessuno ha mai saputo nulla. Ora quella moneta, per chi la trovasse, sarebbe una pioggia d'oro".*

– Sob! Non posso crederci! – sospirò Laupus. – Era la nostra moneta! ...E quello stupido di Babbiòn l'ha buttata via!

Rilesse l'articolo altre cinque volte, e guardò la fotografia ripetutamente. Non c'era dubbio, la monetina era proprio quella.

– Ormai sarà sul fondo dell'oceano. Chi la potrà più recuperare? E adesso, chi ha il coraggio di dirlo a Michelina e Willy Mau? ...No, no, è meglio che non gli dica niente. Ci rimarrebbero troppo male. ... E poi sarebbero capaci di chiedermi di riportarli laggiù, magari illudendosi di poterla ritrovare. ... E io laggiù non ci voglio proprio tornare!

Piegò il giornale e lo nascose in un cassetto. Poi si preparò quindici camomille per riprendersi da quella notizia che lo aveva messo in grande agitazione.

Più triste che mai, cercò di distrarsi dedicandosi alle faccende di casa. Preparò qualcosa da mangiare, poi andò a prendere i vestiti dei nipotini per metterli in lavatrice.

– Anche i pantaloni da pirata s'è voluta riportare indietro! – disse mentre li infilava nel cestello.

Dling!

Qualcosa doveva essere scivolato dalle tasche.

– Dling?

Laupus si guardò intorno.

– Qualcuno ha detto dling?... Ho sentito bene? Questo rumore non mi è nuovo.

Infilò la mano nel cestello e sentì una forma metallica, rotonda, piccola, qualcosa come una piccola moneta.

– Stai calmo, Laupus – disse tra sé, cominciando a sudare. – Non ti agitare.

Infatti cominciò a tremare che sembrava la lavatrice quando è in moto la centrifuga.

– Cosa credi che sia? – continuava a dirsi,

senza avere il coraggio di estrarre la mano. – Sarà una monetina qualunque, qualche spicciolo che Michelina portava in tasca.

Chiuse gli occhi ed estrasse lentamente la mano, stringendo tra l'indice e il pollice la monetina.

– Al tre, apro gli occhi! Ma tanto lo so che non è lei… figuriamoci! Allora: uno, uno e mezzo… Sì, ma sicuramente non può essere lei… due, due e mezzo… Ma ti pare? … due e tre quarti… No, no, lo so che non è la monetina… Due e tre quarti più un altro piccolo quarto, due e tre quarti più un quartino ancora più piccolo….

Riprese fiato e cercò di farsi coraggio.

– Però bisogna che mi decida. Se continuo a contare così ci sto fino a stasera. Allora: uno… UN DUE TRE !!!".

Aprì gli occhi, il tempo di dare un'occhiata alla moneta e cadere svenuto all'indietro, con la testa che gli si infilò nell'oblò della lavatrice. Ma riprese i sensi quasi subito e cominciò a saltare come un grillo gridando e cantando:

– Siamo ricchi! Siamo ricchi! Trallallà! Siamo ricchi!

Saltava così freneticamente che diede una testata contro un pensile, una contro lo sportello di un armadio, una contro la parete e perse i sensi un'altra volta. Ma si rialzò subito e corse dai nipotini a dare la grande notizia.

Li fece accomodare su un divano e raccontò tutto dettagliatamente.

Fu la più bella storia che si erano mai sentiti raccontare.

Clap clap clap!

– Un applauso per lo zio Laupus che ha ritrovato la monetina! – fece Michelina saltellando di gioia.

– Viva lo zio Laupus! – fece Willy Mau che già vedeva la sua stanza piena di playstation.

– Il merito è tutto di Michelina – fece Laupus. – Se lei non si fosse messa in tasca la monetina…

– Io? Veramente io non l'ho proprio toccata. Ho solo visto Babbiòn che la scagliava via e…

– Ma certo! – intervenne Willy Mau. – È tutto

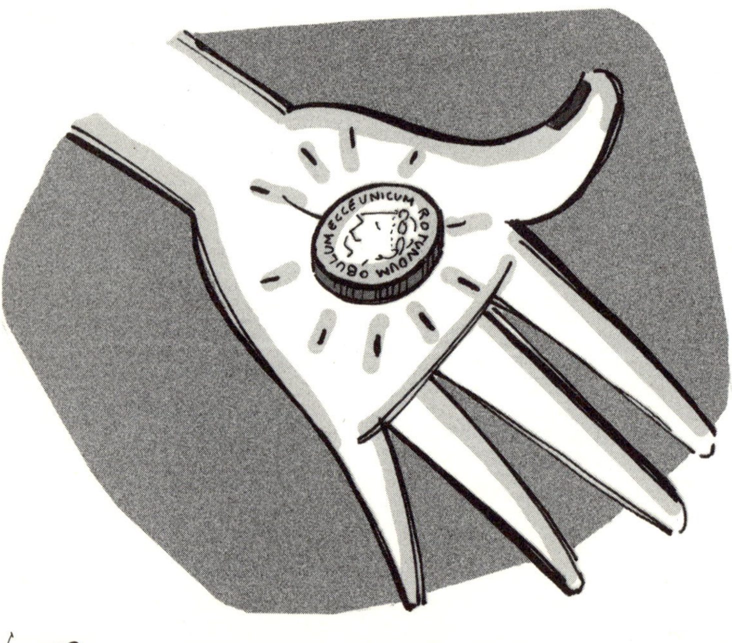

chiaro! Ricordate come fece la monetina? Dling dling dling. Tre rimbalzi, e poi al quarto abbiamo creduto tutti che fosse caduta in mare. Invece si è infilata nella tasca di Michelina senza che né lei né nessun altro se ne accorgesse. Accipicchia, però, che cu…!

– Willy Mau! – esclamò severo Laupus.

– Volevo dire che fortuna.

– Ecco, così va meglio. Ora, bambini, prepariamoci ad andare a trovare il signor Phil Goodman che ci dovrà consegnare un bellissimo e sostanziosissimo assegno.

Dopo mezz'ora, tutti e tre in giacca e cravattino, e con la monetina custodita in una scatoletta, che per sicurezza avevano chiuso con nastro da imballaggio, mezzo chilo di colla e due lucchetti, partirono verso la ricchezza.

cap. 16
Hi hi hi!

Taverna del Diavolo, ore 18.30.

– Lettera per una certa zia Marlene! – urlò il ragazzo affacciandosi alla porta e consegnando una busta a Olezz Trippa.

Il ciccione la prese, la girò e la rigirò guardandola incuriosito.

– Dai qua, impiccione! – disse zia Marlene strappandogliela di mano. – Non ti hanno insegnato a farti gli affari tuoi?

– Nervosa, nanetta imbalsamata?

Zia Marlene non rispose, si limitò a fare una smorfia e poi si allontanò scartando la busta.

– Vediamo un po' chi è che mi scrive.

Il vecchio Rimba, che

sotto sotto era un po' geloso, la seguiva silenzioso cercando di sbirciare da dietro.

– Toh! – fece lei. – I nipotini! Chissà cosa vogliono?

Cominciò a leggere e man mano che andava avanti la sorpresa le faceva gonfiare i capelli così tanto che sembrava stesse facendo una messa in piega all'istante. Poi crollò a terra svenuta.

– Accidenti! – fece Rimba. – Che diavolo avrà letto di così spaventoso?

Raccolse la lettera, la lesse d'un fiato, poi crollò a terra svenuto.

Olezz Trippa, che aveva seguito la scena, corse a raccogliere la lettera, la lesse rapidamente. Poi crollò a terra svenuto.

– Ehi! – fece Babbion dal suo tavolo. – Ma che diavolo succede lì?

Corse a prendere la lettera. La lesse anche lui rapidamente. Poi…

… Uno pensa che un corsaro del calibro di Babbiòn possa resistere a qualsiasi cosa. Invece no, crollò anche lui a terra svenuto. E comunque era uno svenimento da corsaro di fama, cioè con doppio avvitamento sulla destra, poi inarcamento della schiena, salto mortale all'indietro e impatto al suolo con dodici mattonelle disintegrate.

Il fatto è che non capita tutti i giorni di apprendere notizie come quella che Laupus riportava nella lettera, in cui diceva: cara zia Marlene, come stai?, eccetera eccetera. Sai che la monetina valeva un sacco di soldi? E che noi l'abbiamo recuperata e l'abbiamo venduta e adesso siamo ricchi? eccetera eccetera. E però, siccome abbiamo il cuore tenero vogliamo regalarti metà della somma, così sarai felice anche tu con il vecchio Rimba, eccetera eccetera... e, siccome i nipotini si sono divertiti un sacco con Babbiòn (io un po' meno) hanno deciso che una parte del tesoro la vogliono dare anche a lui e a quella combriccola di pirati, eccetera eccetera quindi dividetela equamente e fraternamente. Eccetera eccetera...

Fin qui tutto bene. Quello che aveva fatto svenire tutti quanti era l'ultima parte della lettera:

– C'è solo un piccolo particolare, cara zia. Per entrare in possesso della somma dovete andare a prenderla. Volete sapere dov'è? Ebbene, visto che mi avete fatto passare dei brutti momenti, sono riuscito a convincere i due marmocchi che forse è meglio che quei soldi ve li sudiate un pochino. Allora abbiamo affittato un aereo, abbiamo portato la vostra metà di tesoro alle Morlucchie e lo abbiamo seppellito nel letto di un fiume. Volete sapere in quale isola? Accidenti, non me la ricordo. Ricordo solo che nelle Morlucchie ci sono circa seicento isolette e tutte hanno un letto di un fiume. Buon viaggio, amici. Tu aff.mo nipote Laupus, Willy Mau e Michelina. Bye bye. Hi hi hi!

Noi
Isole
Morluche

Indice

Under dodici

Domenica Luciani
Di notte sui tetti,
Corsari perfetti

Massimo Indrio e
Stefano Hollesch
Ispettore Bomb: il caso è risotto!

Fabio Capecelatro
La leggenda del bomber Ramarro

Christian Bieniek
Ci mancava anche il cavallo!

Joachim Friedrich
La squadra dei bignè

Ruth Starke
Vorrei essere Miss Prugna!

Massimo Indrio e
Stefano Hollesch
Ispettore Bomb alla ri… scossa!

Fabio Capecelatro
10.000 e.u.r.o. sotto i mari

Under quattordici

Christian Bieniek
Due cuori a ritmo di rap

Claudio Comini e
Orazio Minneci
Le ventisette valige
di Ennesimo Quaranta

Stephen Cole
Quel delinquente di papà!

Domenica Luciani
Balle grosse S.p.A.

Claudio Comini e
Orazio Minneci
Il piede sinistro
di Arnulfo Sementera

Fabio Capecelatro
Non rubate le chitarre
ai Rockajolly

Domenica Luciani
Solido, liquido o gassoso?

Jamie Rix
Johnny Casanova

Brinx e Kömmerling
Una cotta alla vaniglia